KB128552

행복은 강도가 아니라 빈도다

그럼에도 행복한 이유

그럼에도 행복한 이유

행복은 강도가 아니라 빈도다

초 판 1쇄 2024년 03월 27일

지은이 김은정
펴낸이 류종렬

펴낸곳 미다스북스
본부장 임종익
편집장 이다경
책임진행 김가영, 윤가희, 이예나, 안채원, 김요섭, 임인영, 권유정

등록 2001년 3월 21일 제2001-000040호
주소 서울시 마포구 양화로 133 서교타워 711호
전화 02) 322-7802~3
팩스 02) 6007-1845
블로그 http://blog.naver.com/midasbooks
전자주소 midasbooks@hanmail.net
페이스북 https://www.facebook.com/midasbooks425
인스타그램 https://www.instagram/midasbooks

ISBN 979-11-6910-568-2 03810

값 **17,000원**

미다스북스는 다음세대에게 필요한 지혜와 교양을 생각합니다.

행복은 강도가 아니라 빈도다

그럼에도 행복한 이유

김은정 지음

미다스북스

추천사

들어가는 글

1장

다시 태어나고 싶다

2장

나도 행복해지고 싶다

3장

행복은 선택이었다

행복은 강도가 아니라 빈도

5장

카르페디엠 라이프

마치는 글

추천사

주어진 공부를 하고, 직장에 나가서 돈을 벌고, 다른 사람과 경쟁을 하면서 우리는 하루하루를 살아갑니다. 조금 더 잘 살기 위해서 매일 치열하게 고민을 하면서 살아갑니다. 그렇게 살아가다 문득 멈춰서 이런 생각을 하고는 합니다. '나는 무엇을 위해서 이렇게 살아가는 걸까?' 삶의 중간중간에 드는 이런 의문에 대해서 우리는 '결국 인간은 행복해지기 위해서 살아가는 것이 아닐까?'라는 답변을 하게 됩니다.

저자는 불행한 어린 시절의 상처를 간직하고 있는 사람입니다. 저자는 오랜 기간 자신의 상처를 극복하고 행복해지기 위해서 노력해 왔습니다. 그리고 그녀는 자신의 상처를 생생한 언어로 이 책에서 풀어내었습니다. 이는 행복해질 용기입니다. 저자에 따르면 행복해질 용기는 자신의 상처를 마주하는 것부터 시작합니다. 상처를 마주하는 것이 진정한 치유의 시작이라고 이야기합니다.

모든 사람이 같은 모양의 상처를 가지고 있지 않고, 모든 사람이 같은 방법으로 행복을 얻을 수는 없습니다. 하지만, 누군가의 상처와 삶의 여정을 보면서 자신의 상처와 행복을 마주할 수 있습니다. 이 책을 통해 한 인간의 솔직한 스토리를 경험하면서 나만의 행복을 찾으시길 바랍니다. 저도 이 책을 읽으며 저의 상처와 행복을 만날 수 있었습니다. 책을 읽는 내내 그 시간이 정말 따뜻했습니다.

– 부아C(『부의 통찰』, 『부를 끌어당기는 글쓰기』 저자)

들어가는 글

"행복하지 않은 자, 유죄."

나도 모르게 이 말이 나와서 깜짝 놀랐다. 낯설었지만, 반박할 수 없었다. 당시 기분을 정확히 표현하고 있었기 때문이다. 그때의 감정이 지금도 생생하다.

낮은 여전히 여름이지만, 저녁은 가을로 넘어가던 시기였다. 살랑살랑 부는 바람이 다가올 가을을 기대하게 했다. 사는 곳이 고지대라 기분 좋은 바람을 좀 더 빨리, 자주 누리게 해 주었다. 여유롭게 저녁을 먹고 아파트 주변을 산책 중이었다. 과거에는 직업 특성상 저녁은 늘 패스였다. 정 배고플 때는 물 말아 후루룩 넘기거나 김밥으로 간단하게 때우곤 했다. 새벽 1시까지는 꼼짝없이 일에 치였는데, 지금 나는 유유자적 걷고 있다. 무엇보다 근심 걱정이 없다. 주변의 모든 게 평온했다. 지옥 같았던 삶이었는데, 어떻게 이렇게 평온할 수 있을까.

사는 게, 숨 쉬는 게 고통이었던 나였는데, 지금은 살아 있는 게 축복이라고 말하는 사람이 되었다. 내일 아침에 눈을 뜨지 않게 해 달라고 기도하며 잠들던 사람이 지금은 새로운 아침을 감사한 마음으로 시작하고 있다. 삶이 달라져도 너무 많이 달라졌다. 가끔은 내 삶이 맞나 의심이 들기도 했다. 잠깐 행복하다가 큰 불행이 또 닥치는 건 아닌지 걱정하기도 했다.

절망과 고통에서 허우적거렸던 33년이라는 고난의 시간, '마지막 한 번만 더 살아 보자!'라는 결심으로 걸어온 시간, 인생에 행복이라는 단어가 찾아와 달라진 일상, 더할 나위 없이 감사한 마음으로 사는 현재까지! 되돌아 보았다. 그 생각의 끝은 '현재 행복하지 않은 사람들을 도와주고 싶다.'였다. 특히, 과거의 나처럼 삶의 역경 속에서 좌절하고 힘들어하는 이들의 손을 잡아 주고 싶었다. 이 책에 관한 생각은 그때부터 시작되었다.

불행이 익숙했던 사람이 행복을 말하고 살게 되었다. 깊은 상처에 눈물로 얼룩진 인생이었는데, 지금은 그런 눈물이 생소하다. 대신 웃음과 친해졌다. 지금 이 글을 쓰면서도 자연스럽게 미소가 지어진다. 잘못 태어난 인생이라며 삶을 포기하려고 했는데, 지금은 감사한 마음으로 삶을 이끌고 있다. 달라져도 어떻게 이렇게 변할 수 있을까!

살면서 두 번의 죽음을 준비했다. 첫 번째 죽음을 생각했던 10대 시절의 이야기를 1장에 담았다. 고난의 시간이 길고 강도가 셌기에 그 내용이 책의 1/4을 차지했다. 하지만, 과거보다 현재 그리고 미래에 대한 메시지를 더 전하고 싶어 퇴고하면서 양을 대폭 줄였다.

2장에는 도전하고 좌절하면서도 살아 보려고 애썼던 시간을 담았다. 정말 많이 울면서 보낸 20대였다. 세상의 펀치에 넘어지고 일어나기를 반복했던 시기다. 칠전팔기를 경험하면서 맷집이 늘었다. 실패할 때마다 부족한 것을 채우려고 노력했다. 덕분에 실력이 늘고 능력도 좋아졌다. 하지만, 그것을 능가하는 장애물이 계속 찾아왔다. 고난의 연속이었다. 인제 그만 불행의 고리를 끊고 싶었다. 나도 행복해지고 싶다는 간절한 바람이 생겼다.

3장에는 삶이 바뀌었던 과정을 담았다. 20대는 아무리 노력해도 실패의 연속이었다. 20대가 너무 힘들어 30대에는 안정된 삶을 기대했지만, 더 밑바닥까지 추락했다. 끝이 안 보였다. 성인이 되었음에도 여전히 불행한 삶에 진절머리가 났다. 간절하게 행복한 삶을 원했지만, 이번 생은 틀린 것 같았다. 그래서 삶을 마감하고 싶었다. 더는 아무런 미련도 원망도 없었다. 다 내려놨을 때 전환점을 맞이했다. 그리고 다시 시작하게 되었다.

4장에는 행복은 강도가 아니라 빈도라고 말하는 이유를 담았다. 현재 행복하다고 말하는 이유이기도 하다. 불행이라는 단어와 동일시되는 인생이었는데, 지금은 그 생각이 깨끗이 사라졌다. 40년 가까이 내 인생에 머물렀던 불행이라는 단어에 거부감이 들 정도다. 머리부터 발까지 부정으로 굳어 있던 사람인데, 지금은 긍정적인 사람이 되었다. 단순 긍정을 넘어 절대 긍정, 무한 긍정으로 바뀌었다.

5장에는 '나도 행복한 인생을 살고 싶은데, 그래서 어떻게 하면 되는데?'라고 묻는 독자들을 위해 구체적인 실천 방법을 담았다. 불행을 끊어내고 행복한 인생을 선택하기로 마음먹으면서 실천했던 방법들이다. 변화를 꿈꾸는 분들에게 실질적인 도움이 될 것이다.

'행복은 강도가 아니라 빈도다.' 블로그 포스팅 마무리에 항상 쓰는 메시지다. 여러 번 읽게 된다, 마음속에 새기고 싶다, 행복은 빈도가 맞는 것 같다, 나도 그렇게 말하고 싶다, 이런 댓글이 주로 달린다. 그만큼 사람들이 행복에 대한 바람은 누구나 가지고 있다고 생각한다. 이 책이 그런 갈망을 해소해 주는 데 도움이 될 것이다.

현재 어떤 삶을 살고 있든 행복한 삶을 원하는 독자라면, 행복은 강도가 아니라 빈도라는 사실을 간접 경험해 보고 싶은 독자라면 지금 바로 1장으로 책장을 넘겨 보자.

1장

다시 태어나고 싶다

1. 부끄러운 굵은 손가락

학교 다닐 때 의식적으로 손가락을 웅크렸다. 못생긴 손을 감추고 싶었기 때문이다. 손가락 마디가 어른들처럼 굵어서 창피했다. 굵은 손가락을 볼 때마다 고생의 징표 같았다. '난 이 집의 식모인가.'라고 여겼던 시간이 떠올라 손만 봐도 눈물 날 때가 있었다.

6시 5분이다. 시계를 본 순간 놀라서 몸을 일으켰다. 바로 부엌으로 나갔다. 슬리퍼를 신자마자 쌀바가지부터 집었다. 눈물이 글썽였다. 울먹이며 차가운 물로 쌀을 씻었다. 연탄불에 냄비를 올린 후에야 정신이 돌아왔다. 5시 30분에 울리는 알람을 눌렀다. 잠깐만 했는데 늦잠을 자 버렸다. 학교 가기 전에 해야만 하는 일을 못 할까 봐 겁이 났다. 욕을 바가지로 얻어먹는 것은 기본이고, 형제들이 도시락을 못 가져가게 된다. 어제 남은 밥이 없으면 모두 아침을 굶고 학교에 가야 한다.

초등학교 5학년인 나에게 새벽에 하는 부엌일은 고되었다. 그보다 엄마의 불호령이 천둥 번개처럼 무서웠다. 이날도 일기장은 반성과 늦잠 자지 말자는 다짐으로 채워졌다. 20대 때 가끔 그 시절 일기장을 꺼내 보곤 했다. 삐뚤빼뚤 글씨에 미소를 짓고 있는데, 일기장 위로 눈물이 떨어졌다.

모퉁이를 돌았다. 평상에 앉아 있는 동네 이모들이 눈에 들어왔다. "저기, 이 집 살림꾼 오네!"라는 말이 들렸다. 가볍게 인사만 하고 집으로 들어갔다. 가방만 내려놓고 바로 부엌으로 갔다. 쌓여 있는 설거지부터 했다. 밥통을 열어 보니 일곱 명이 저녁을 먹기에는 부족했다. 쌀을 씻어 밥을 올렸다. 가스레인지에 올려져 있는 국을 보니 데워서 먹으면 될 것 같았다. 저녁밥으로 차릴 국과 반찬을 확인한 후 옥상으로 올라갔다. 낮 햇살에 빨래가 빳빳하게 말라 있었다. 초등학교 5학년한테 집안일은 고됐지만, 잘 마른 옷들을 보니 잠시 기분 전환이 되었다. 고실고실한 옷에 마음속 어둠이 잠깐이나마 걷히는 느낌이라고 할까! 빨랫줄 두 줄에 가득 널린 빨래들을 걷어 와 개었다. 각자 위치로 보내고 저녁 밥상을 차리러 다시 부엌으로 갔다.

방학을 알리는 담임 선생님 말이 끝나기가 무섭게 반 아이들은 환호성을 질렀다. 아이들 표정이 싱글벙글 즐거워 보였다. 뭐 하고 놀 건지, 여행을 어디로 갈 건지 상상만으로도 신난 듯했다. 나만 표정이 어두웠다. 방학이 없었으면 좋겠다. 하교 후부터 시작되던 가사 노동이 방학 때는 아침 눈 떠서 잘 때까지 계속되기 때문이다. 심지어 여름은 부모님 작업장도 도와야 하니 안과 밖으로 종일 뛰어다녀야 했다. 겨울은 방학이 길어서 힘들고, 여름은 노동의 강도가 세서 방학은 무조건 싫었다.

방학이라고 해서 늦잠 자는 일은 꿈에도 생각할 수 없었다. 아침 차리는 일로 하루를 시작했다. 일곱 식구가 밥 먹은 것을 치우고 세탁기로 갔다. 빨래가 돌아가는 사이 청소를 했다. 그러다 보면 점심을 준비할 시간이었다. 점심은 우리 식구뿐만 아니라 작업장에서 일하는 직원들도 같이 먹었다. 방학 때만 되면 점심 때 무슨 반찬에 무슨 국을 끓일지가 매일 숙제였다. 그게 초등학생인 나의 고민이었다. 그렇게 준비한 점심도 한꺼번에 먹지 못했다. 상 차리고 치우기를 두세 번은 기본으로 반복했다. 점심 설거지에서 완전히 해방되고 시계를 보면 대부분 3시가 넘었다. 대기하는 중간엔, 가게 일손이 부족하면 틈틈이 도와야 했다. 저녁 식사 후 치우는 것까지 끝나야 매일 반복되는 일에서 퇴근이었다. 방학에는 하루가 다른 어느 때보다 길었다.

뜸 들이고 있는 밥솥 옆으로 일곱 개의 도시락이 탑처럼 쌓여 있다. 밥

담을 통이었다. 기다리는 동안 반찬통 일곱 개를 일렬로 나열했다. 점심 도시락이든 저녁 도시락이든 김치는 필수이니 김치를 먼저 담았다. 점심 도시락에는 소시지 부침과 콩나물을 담았다. 저녁 도시락에는 계란말이와 콩자반을 담았다. 밥통에 밥을 담고 나면 도시락이 완성되었다. 고등학생 두 명은 두 개씩, 중학생과 초등학생은 한 개씩 도시락 가방을 챙겨갔다. 도시락을 다 싸 놓은 후에 학교 갈 준비를 하러 방에 들어갔다.

야간 자습을 마치고 집에 오면 11시가 다 되어 간다. 피곤해서 씻고 바로 눕고 싶다. 하지만, 도시락통이 눈에 밟힌다. 피곤해서 내일 아침으로 미루고 싶지만, 아침에 찬물로 설거지하는 것은 더 힘들었다. 어쩔 수 없이 지친 몸을 일으켜 부엌으로 갔다. 오빠 도시락과 내 도시락을 꺼내 설거지를 했다. 11시 반이다. 눈꺼풀이 무거웠지만 내일 볼 영어 단어 시험이 걱정돼서 단어장과 연습장을 꺼냈다. 수학 숙제도 다 못했는데, 오늘도 1시 안에 자기는 글렀다.

새벽 4시, 엄마의 고함에 눈을 떴다. 일어나야 하는데 몸이 마음처럼 움직이지 않는다. 전날 동생들과 엄청난 양의 전을 부치고 다양한 명절 음식 준비를 하느라 몸이 천근만근이었다. 명절만 되면 음식 준비에 지쳤다. 명절 당일은 꼭두새벽에 일어나 차례상을 차려야 했다. 연휴 내내 먹고 치우는 양도 만만치 않았다. 명절은 왜 생겨서 날 이렇게 힘들게 하는지 원망스러웠다. 요즘 말하는 명절 증후군, 나는 초등학교 때부터 고등학교 때까지 제대로 체험했다.

일이 고될 때마다, 현실에서 도망가고 싶을 때마다 생각했다. '다시 태어난다면 남자로 태어날 거야. 남자로 태어나면 평소에 청소, 빨래, 부엌일 하나도 안 하잖아.' 특히, 명절 때면 간절함이 더 컸다. 여섯 시간 넘게 불판에 붙어 있는 딸들과 달리 아들들은 명절 특별 만화를 보면서 키득거리기 바빴다. 만약 다시 여자로 태어난다면 딸이 하나인 집에서 태어나고 싶었다. 그래서 이렇게 식모처럼 살고 싶지 않았다. 딸 귀한 집에 태어나 예쁜 옷도 입고 귀하게 크고 싶었다. 고생 좀 그만하고 싶었다. 숨기고 싶은 굵은 손가락이 그 바람을 생각나게 했다.

2. 공포의 샌드백

옷을 입다 말고 팔뚝을 살폈다. 통증이 느껴졌기 때문이다. 피부색이 변해 있었다. 손가락으로 살살 눌러 봤다. 주변만 눌려도 아파서 정작 색상이 변한 곳은 만질 엄두가 안 났다. 멍이 제대로 들었다. 어제 맞은 흔적이었다. 자주 경험하는 멍은 색이 다양했다. 어두운 노란색을 띠기도 하고, 보라색을 띠기도 했다. 어두운 톤의 푸른색일 때도 있었다.

엄마의 손이 머리를 시작으로 온몸을 때렸다. 때리면서 본인의 화에 화가 더해지는 것 같았다. 나중에는 주변에 잡히는 물건으로 때렸다. 큰 빗은 크지 않지만 세워서 때리면 체벌 도구 역할을 톡톡히 했다. 등을 긁어 주는 효자손이 매로 변신하는 횟수가 많았다. 파리채도 체벌 도구 상위권이었다. 파리채는 겉은 플라스틱이지만 그 안은 철로 되어 있어서 통증이 장난 아니었다. 큰 빗, 효자손, 파리채 등은 실내에서 맞을 때 엄마 손에 잘 잡혔다. 부엌이나 뒤 안에서 맞게 되면 체벌 도구는 강도가 더 세졌다. 뒤 안을 쓸던 빗자루가 엄마에게 제일 만만했는지 자주 잡으셨다. 그것이 안 보이면 연탄집게가 잡힐 때도 있었다. 그건 온통 철로 되어 있어서 정말 공포의 도구였다.

선생님이 다음 주부터 가정방문을 실시한다고 했다. 그러면서 해당 날짜와 요일을 알려 주었다. 저녁 설거지를 끝낸 후 엄마에게 말할 타이밍을 보고 있었다. 다음 주 수요일에 담임 선생님께서 가정방문을 온다는 사실을 조심스럽게 꺼냈다. 말이 끝나기가 무섭게 엄마는 화를 냈다. 그러면서 손찌검이 시작되었다. 왜 맞는지 몰랐다. 아프니까 팔로 머리와 몸을 감쌀 뿐이었다. 왜 때리느냐고, 내가 뭘 잘못했냐고 물어볼 엄두가 안 났다. 그저 울면서 몸을 최대한 웅크렸다. 불같이 화내면서 엄마가 뱉은 말이 지금도 생각난다. '네년이 뭐가 잘나서 선생님을 집으로 부르냐! 조용히 학교나 다닐 것이지, 선생님이 가정방문을 왜 오냐!' 구타가 끝났어도 울음이 그치지 않았다. 방구석 모서리에 서서 여전히 울고 있는 내 모습이 지금도 눈에 선하다. 엄마는 다과상을 빙 둘러앉아 있는 동생들에게 과일을 깎아 주고 있었다. 여전히 입으로는 나에게 화를 내고 욕을 하면서 말이다.

선생님이 가정방문 오신다는 말을 전달했을 뿐인데, 나는 왜 맞아야 했을까? 무엇이 엄마를 그토록 화나게 했을까? 나중에 어렴풋이 알게 되었다. 엄마는 담임 선생님의 가정방문에 화났던 게 아니었다. 이미 다른 일로 화가 나 있었는데, 그걸 풀 대상이 필요했던 것이었다. 이렇듯 나는 엄마의 분노, 화남, 짜증, 아픔 등을 풀어낼 샌드백이었다. 장사가 안돼서 속상할 때, 아빠 사업이 뜻대로 안 돼서 화가 날 때, 오빠가 공부를 안 해서 열받을 때, 오빠가 시험을 못 봐서 화가 날 때 엄마는 그 감정들을 나에게 풀었다. 그렇다 보니 내가 왜 맞는지 모르고 맞을 때가 참 많았다.

엄마의 기분 상태를 항상 살펴야 했다. 밥을 차려 놓고 엄마에게 식사하시라고 말할 때도 엄마 기분을 먼저 봐야 했다. 별일 없으면 편하게 밥을 먹을 수 있다. 하지만, 심기가 불편할 때는 바로 욕이 날아오고 불똥이 나한테 튀었다. '야, 이년아! 넌 지금 밥 먹게 생겼냐.'라는 말을 시작으로 안 좋은 소리를 들어야 했다. 그때부터는 가시방석이었다. 나도 밥을 먹을 수가 없다. 엄마가 안 먹는데 밥이 목구멍으로 넘어가냐고 욕을 먹거나 손찌검을 당할 수 있어서 수저를 들 수가 없었다. 삼시 세끼 차리고 각종 집안일을 하면서 식모처럼 생활한 것보다 이런 눈치 보는 생활이 더 힘들었다.

오후 3시 반, 담임 선생님이 종례를 해 주셨다. 친구들은 집에 간다고 신나서 교실 밖으로 뛰어나갔다. 나는 하나도 신나지 않았다. 신발을 갈아 신고 밖으로 나왔다. 등나무 밑 의자에 앉았다. 집에 가고 싶지 않았다. 가 봤자 나를 기다리는 것은 집안일 뿐이었다. 해도 해도 끝이 없는 일이다. 또 재수 없으면 엄마의 샌드백이 되어 욕설이나 분풀이 매를 맞을 수도 있었다. 지옥 같은 집이었다. 가기 싫으면서도 불안해서 계속 시계를 만지작거렸다. 가기 싫은 마음과 달리 몸은 일어나 교문 쪽으로 걸어갔다. 제대로 걸어지지 않았다. 발을 질질 끌었다. 도살장에 끌려가는 소나 돼지가 이런 마음이었을까 싶었다.

학교 친구들이 동네에 많이 살았다. 같이 잘 놀기도 하고 충돌이 생기기도 했다. 하루는 친구랑 티격태격하다 싸우게 되었다. 나중에 엄마가 그 이야기를 들었는지 집에 오자마자 나를 때리기 시작했다. 무슨 일이 있었는지, 왜 싸웠는지, 어떻게 되었는지 싸움에 대해서는 한마디도 묻지 않았다. 그저 욕을 하며 때릴 뿐이었다. 다른 사람 입에서 말 나오는 게 싫으니 무조건 조용히 지내라고 했다. 엄마는 그런 사람이었다. 자식이 누구랑 싸우면 이유 불문하고 무조건 본인 자식부터 팼다.

중학교 때였다. 친구들과 일요일에 시내에 나가기로 했다. 조별 준비물도 사고 시내 구경도 하기로 했다. 집에 와서 며칠 동안 엄마 눈치만 살폈다. 말을 꺼내야 하는데 엄두가 안 났다. 시간이 흘러 토요일이 되었다. 더는 미루면 안 될 것 같았다. 뒤 안에 있는 엄마에게 다가가 조심스럽게 말을 꺼냈다. 욕설과 물세례를 맞았다. 집구석에 얌전히 처박혀 있을 것이지, 가시네가 어딜 싸돌아다니려고 그러냐. 휴일이면 청소나 빨래를 하면서 집안일을 더 많이 해야지, 나갈 연구를 한다며 손에 들고 있던 바가지로 물을 뿌렸다.

사람들은 어떻게 그 속에서 도망치지도 않고 살아 냈느냐고 묻는다. 다른 이유가 있기는 하지만, 기본적으로 어렸을 때부터 길들어진 두려움과 공포감이 다른 생각을 못 하게 했다. 도망칠 용기도 없지만, 도망쳐서 실패했을 때 그 후한이 더 두려웠을 것이다. 30년도 훌쩍 지난 일이지만, 떠올리면 여전히 불편했다. 오랜 시간 폭력에 노출된다는 것이 얼마나 치명적인지 모른다. 다시 태어난다면 폭력 없는 가정에 태어나고 싶다.

3. 진짜 불행은 따로 있었다

엄마의 만행이 따로 있었다는 사실을 마흔 넘어 깨달았다. 그 순간 아픔과 고통의 순위가 바뀌었다. 대학생이 되었을 때 다시 태어났다는 마음으로 새롭게 시작하고 싶었다. 그 전의 악몽은 지우개로 모두 지워 기억 저편에 꼭꼭 묻어 두고 절대 꺼내지 않기로 했다. 가위로 싹둑 잘라 내듯 잊고 살고 있었기 때문에 엄마의 가장 큰 잘못을 늦게 인식하지 않았나 싶다.

성인이 될 때까지 오랜 기간 엄마에게 반복해서 들은 말이 몇 가지 있다. 그 중 첫 번째는 '쓸모없는 가시네'였다. 나는 엄마의 분풀이 대상이었기에 엄마가 화날 때마다 이 말을 들어야 했다. 초등학교 때는 맞는 게 너무 아파서 폭언이 아픈지 몰랐다. 폭언 뒤에 이어지는 폭행이 두려워서 늘 긴장했다. 안 맞을 수만 있다면 차라리 폭언을 밤새 듣는 게 낫겠다 싶었다. 중학생, 고등학생이 되면서 '쓸모없는 가시네'라는 말이 제대로 각인되었다. 자연스럽게 나는 쓸모없는 사람이라고 받아들였다.

두 번째는 '나가서 뒈져 버려.'라는 말을 수없이 들었다. 꺼져 버려! 죽어 버려! 이 말을 어릴 때부터 계속 듣고 자랐다. '나는 죽어야 하는 사람이구나' 자연스럽게 받아들였다. 일기장에 죽고 싶다는 말이 도배되었다. 고통의 시간이 쌓여 부글부글 끓어오를 때 사춘기를 맞이했다. 고등학교 2학년 때 진심으로 죽고 싶어졌다. 버거운 가사 노동, 분풀이로 이어지는 폭언과 폭행. 더는 버틸 자신이 없었다. 아무런 희망도 없는데 더 살아 뭐 하나 싶었다. 자살에 대해 알아봤다. 수면제를 사서 모으기 시작했다. 살면서 첫 번째로 찾아온 자살 위기였다.

세 번째는 '너 같은 년이 뭘 하겠어.'였다. 초등학교 때부터 클 때까지 이 말을 계속 들으니 나는 아무것도 못 하는 사람으로 인식되었다. 뭘 해도 안 되는 사람이라는 사실이 나도 모르게 새겨졌다. 그러니 내가 무슨 자신감이 있었겠는가! 엄마가 시킨 일을 잘못했을 때, 요청한 점심 메뉴를 이상하게 만들어 냈을 때는 물론이고 화풀이 대상이 되었을 때도 어김없이 들어야 했다.

'쓸모없는 가시네야. 너 같은 년이 뭘 하겠어. 가서 뒈져 버려!' 울면서 엄마의 폭언을 온몸으로 받아 냈다. 귀로만 들은 게 아니었다. 성인이 되기 전까지 반복해서 들은 폭언들은 몸 전체에 문신처럼 새겨졌다.

시험을 잘 봤다. 오랜만에 받아 든 좋은 결과에 하굣길 발걸음이 가볍다. 가방을 내려놓고 부엌으로 가서 늘 하던 일을 했다. 엄마 눈치를 살피며 실수하지 않도록 빠르게 움직였다. 화난 것 같지는 않지만 그다지 기분이 좋아 보이지도 않았다. 혹시나 엄마의 기분이 풀리는 데 도움이 될까 싶어 시험을 잘 본 이야기를 꺼냈다. 안타깝게도 전혀 도움이 되지 않았다. 오히려 엄마 기분을 더 망가뜨렸다는 것을 조금 후에 알았다. 저년이 오빠 운 빼서 시험 잘 봤다고 말하는 엄마를 보며 할 말을 잃어버렸다. 몸이 다시 긴장했다. 폭언 후 화를 내다 또 때릴까 봐 겁이 났기 때문이다.

그때부터 시험 결과를 거의 말하지 않았다. 하더라도 오빠 시험 결과부터 살폈다. 오빠가 잘 봤을 때는 솔직히 말하고, 오빠 결과가 좋지 않을 때는 나도 무조건 별로인 것으로 했다. 그래야 오빠 운 빼서 시험 잘 본 년이 되지 않을 수 있었다. 대신 다른 부작용이 있었다. 뼈 빠지게 고생해서 자식들 학교 보내고 공부시키는데, 하나같이 공부를 못 한다고 한탄을 하셨다. 엄마의 신세타령을 듣는 것도 우울했다.

엄마는 늘 나에게 메주같이 생긴 년이라고 했다. 왜 그렇게 말했는지 정확히는 모르지만, 엄마는 내가 못생겼다는 의미를 그렇게 표현했다. 자연스럽게 내가 못생겼다고 생각하면서 자랐다. 가뜩이나 소심하고 자신감이 없던 나는 고개를 더 숙이며 생활하게 되었다. 한 해 한 해 더해질수록 몸과 마음이 잔뜩 움츠러들었다.

여기저기 보이는 멍이 익숙했다. 맞는 게 너무 아팠기 때문에 커서도 떠올리기 싫은 기억이었다. 초등학교 2학년 때부터 주어진 가사 노동은 감당이 안 될 정도로 고달팠다. 크는 내내 들었던 엄마의 욕설과 폭언도 끔찍했다. 이 모든 게 복합적으로 작용해서 악몽으로 남아 있다고 생각했다. 하지만, 우연한 계기로 고통의 순위가 확실하게 매겨졌다.

식모살이 같았던 가사 노동은 불행 순위 3위였다. 반복하기 싫은 고단한 삶이었지만, 다음 불행에 순위가 밀렸다. 불행 순위 2위는 수시로 발생하는 폭행이었다. 몸에 남은 멍이 아픈 시간을 말해 주었다. 하지만, 그 멍은 시간이 지나면 사라졌다. 상처에 따라 기간이 다를 뿐 언젠가는 지워졌다. 그러나 지워지지 않는 게 있었다. 그건 바로 계속 반복해서 들은 욕설과 폭언이었다. 몸과 마음에 지워지지 않는 문신처럼 새겨졌다는 것을 마흔 넘어서 알았다. 이것이 불행 순위 1위이었다. 세뇌되듯 새겨진 욕설과 폭언은 영혼까지 파괴했었다. 이게 엄마의 가장 큰 만행이었음을 늦게 깨달았다. 그러니 나의 20대, 30대가 얼마나 우울하고 비참했겠는가!

4. 차별 트라우마

'쯧쯧, 야가 아들로 태어났어야 했는데…….' 집에 온 보살이 내 사주를 보고 엄마한테 한 말이었다. 오빠 사주랑 비교하면서 아들과 딸이 바뀌었다고 했다. 방 모퉁이에 있던 나는 엄마 눈치를 살폈다. 엄마 표정이 안 좋았지만, 그 자리에서 나에게 화풀이를 하지는 않았다. 사실 처음 듣는 말도 아니었다. 어릴 때 가끔 집에서 굿을 할 때가 있었는데, 그때 함께 오신 스님도 비슷한 말을 했었다. 나중에 철학원에 가서 사주를 봐도 남자로 태어났으면 좋았을 팔자라고 했다.

예전에 〈아들과 딸〉이라는 국민 드라마가 있었다. 시청률이 60%가 넘을 정도였으니 인기가 대단했다. 극 중에 나오는 두 주인공이 귀남이, 후남이였다. 오빠가 귀남이였고 내가 후남이였다. 실제 드라마보다 현실은 훨씬 고달팠다. 고난의 강도가 더 셌다. 드라마는 미화라도 시키지만, 현실은 여과 장치가 전혀 없었다.

엄마는 아들과 딸만 차별한 게 아니었다. 딸들끼리도 차별했다. 내가 설거지하고 청소하고 빨래할 때 동생들이 쉬는 건 괜찮았다. 하지만, 반대 상황이 벌어지면 나는 비난과 욕을 먹었다. 그것 때문에 나는 계속 움직여야 했다. 내가 집안일을 하는 것은 당연하게 여겼지만, 동생들이 하면 기특해했다.

귀남이와 오빠는 비슷했다. 강한 엄마의 기대가 부담이었고, 장손이라는 압박감에 불안해하며 자랐다. 드라마 속 귀남이처럼 나약하게 컸다. 대학생이 되고 군대를 다녀온 이후 방황을 심하게 했다. 오빠가 인생의 전부였던 엄마의 삶이 흔들렸다. 그렇게 강하던 엄마가 무너졌다. 오빠 때문에 우리 집은 또 한 번 질풍노도의 시기를 겪었다. '나라도 부모님 신경 안 쓰게 해야겠구나, 나는 기댈 곳이 없으니 내 앞가림은 스스로 해야겠구나.'를 깨닫고 결심했다. 가뜩이나 할 일 알아서 하던 나는 더 독립적으로 되었고 책임감도 강해졌다.

'엄마, 저 석사 합격했어요.' 그다지 관심이 없으셨다. 어차피 등록금은 내가 벌어서 다니는 건데, 축하한다는 말씀도 없으셨다. 2년이 흘렀다. '엄마, 저 이번 학기 졸업하면 박사과정도 진학해요.' 이번에도 별다른 반응은 없었는데, 한숨을 쉬면서 혼잣말을 하셨다. '우리 아들이 가야 하는

데……. 진짜는 관심도 없는데, 쓸데없는 가시네는 잘도 가네.' 축하를 기대한 것은 아니었지만 씁쓸했다. 분명, 나도 엄마의 딸인데 지지와 응원은커녕 아들에 대한 갈증만 키우는 존재에 불과했다. 여전히 오빠는 진짜 아들이었고, 나는 쓸모없는 가시네일 뿐이었다.

형제가 모두 결혼하고 부모님도 나이를 드셨지만, 큰아들에 대한 애정은 더 강해지셨다. 가족 행사고 모임이고 모든 게 큰아들 중심으로 돌아갔다. 아들이 평온하고 잘 살면 엄마가 행복했다. 문제가 생기거나 어려움이 생기면 만사를 제쳐 두고 달려갔다. 해결될 때까지 물심양면으로 뛰어다니셨다. 딸들이 낙동강 오리알 신세로 전락하는 경우는 비일비재했다. 서운하고 속상했지만, 어쩔 수 없었다. 엄마는 뼛속까지 아들밖에 모른다고 인정해 버렸다,

하루는 작은올케가 재미로 서열 이야기를 했다. 서열 1위는 아빠가 아니었다. 당연히 오빠였다. 서열 2위도 아빠가 아니었다. 오빠 아들, 즉 친손주였다. 그다음 서열이 궁금했다. 그다음은 없단다. 올케가 보기에 존재감이 다 똑같다고 했다. 다 똑같이 서열 3위라는 말에 우리 모두 격하게 공감하며 웃었다.

이런 이야기가 나오는 배경에는 큰아들에 대한 엄마의 지독한 사랑이 손자, 손녀에게까지 이어졌기 때문이다. 서열 2위인 조카가 오면 엄마는 조카한테서 눈을 떼지 못했다. 조카가 필요한 것을 말하기도 전에 미리 갖다주었다. 도와달라고 하기 전에 미리 어려움을 해결해 주었다. 그냥 바라만 보고 있어도 오지다고 하셨다.

어느 주말 저녁, 가족 모두가 부모님 집에 모여 식사를 했다. 유치원에 다니던 아이가 밥을 먹다 뭐가 묻었는지 식탁 뒤에 있는 싱크대에서 손을 씻었다. 엄마가 아이에게 뭐라고 하면서 밖에 나가서 씻으라고 했다. 남편이 눈치껏 아이를 데리고 밖으로 나갔다. 한참 후에 서열 2위가 두리번거리는 게 엄마 눈에 포착이 되었다. 엄마가 바로 무슨 일이냐고 물었다. 조카가 손이 끈적거린다고 하니 바로 데려가 싱크대에서 손을 씻기는 게 아닌가! 우리 아이보다 세 살이나 더 많은 형인데 말이다. 이 광경이 어이없으면서도 웃긴 막둥이가 옆에 있던 나에게 조용히 속삭였다. '방금 여기서 손 씻었다고 누구 혼나지 않았는가?' 조용히 밥이나 먹으라고 했다.

어릴 때 하도 차별을 받고 자라서 차별에는 한이 맺혔다. 아들밖에 모르는 엄마가 이해가 안 되었다. 아들을 챙기기 위해 수시로 딸들에게 상처를 주는 엄마가 원망스러웠다. 하지만, 뼛속까지 아들밖에 모르는 엄마를 보니 그냥 받아들이기로 했다. 동시에 기대도 내려놓았다.

한편으로, 나이 먹을수록 더 심해지는 엄마를 보면서 안타깝기도 했다. 우리의 삶이 유한하기에 이제는 엄마가 자신의 행복을 위해 사셨으면 좋겠는데 말이다. 하지만 여전히 아들이 잘 사는 것만이 본인 행복이라고 생각하신다. 이제는 이조차도 인정해 드려야 하지 않을까 싶다.

5. 다시 태어난다면

'나는 죽어야 하는 사람이구나.' 어색하지 않았다. 성인이 되기 전까지 죽어 버리라는 말을 하도 많이 들었기 때문이다. 30년 넘도록 '죽고 싶다.'라는 말을 반복했다. 처한 환경이 무서워서 입 밖으로 꺼내지는 못했지만, 일기장에는 수시로 적었다. 왜 태어났을까? 내 삶은 왜 이렇게 고달플까? 난 언제까지 이렇게 살아야 할까? 속상하고 힘겨울 때마다 죽고 싶다는 주문을 떠올렸다.

30대 초반, 매일 잠들 때마다 신에게 기도했다.

'내일 눈 안 뜨게 해 주세요. 이대로 제 삶이 끝나게 해 주세요. 제발요.'

속으로 말하는데 콧잔등이 시큰거렸다. 감은 두 눈 옆으로 뜨거운 눈물이 흘러내렸다.

'저 진짜 삶에 대해 조금도 미련 없어요. 할 만큼 했기에 어떤 아쉬움도

원망도 없어요. 아시잖아요, 제가 여기까지 어떻게 걸어왔는지, 얼마나 최선을 다해서 살아왔는지요.'

눈물보가 터져 버렸다. 이불을 무릅쓰고 펑펑 울었다. 서러웠다.

그 후로 10년이 흘렀다. 저녁 먹은 후 만 보 걷기를 위해 아파트 단지를 돌고 있었다. 입추가 지나서 그런지 아침, 저녁으로 부는 바람이 계절의 변화를 실감하게 했다. 평온함에 취해 나도 모르게 행복하다는 말이 나왔다. 내가 말하고도 어색했다. 현재 평온한 삶이 진짜인지 실감 나지 않았다. 볼을 꼬집어 봤다. 아픈 걸 보니 현실이었다. 살아 있는 게 고통이었던 삶이 살아 것 자체가 축복인 삶으로 바뀐 것이었다.

어렸을 때 현실을 부정하고 싶을 때 상상의 나래를 폈다. 다시 태어나고 싶다는 바람으로 내가 원하는 삶을 꿈꿨다. 사실, 원하는 삶이기보다는 고단한 현재에서 벗어나고 싶은 욕구가 대부분이었다. 예를 들면, 명절 때마다 다음 생애에는 남자로 태어나겠다고 다짐했다. 뜻대로 되는 건 아니지만, 명절 내내 중노동을 하는 여자들 삶이 불쌍해서 꼭 그러고 싶었다. 아들이 무슨 벼슬이라고 오빠와 남동생은 명절 보너스를 제대로 누렸다. 종일 쭈그려 앉아 전을 부치느라 무릎도 아프고 허리도 뻐근

했다. 이때 옆방에서 만화를 보며 키득거리는 아들들 웃음소리가 그렇게 얄미울 수가 없었다. 벽 하나를 두고 같은 자식인데 딸들은 노동자고 아들들은 상전이었다.

엄마의 고함에 눈을 떴다. 눈꺼풀이 무거웠다. 침대에 걸터앉아 창 쪽을 바라봤는데, 밖이 깜깜했다. 시계를 보니 새벽 4시 10분 전이었다. 차례상을 차리기 위해 부엌으로 가야 했다. 다음 생에는 제사가 없는 집에 태어나고 싶다. 아빠가 차남이나 막내여서 제사 부담이 없는 곳이면 좋겠다. 이런 바람을 위로 삼으며 부엌으로 터벅터벅 내려갔다.

지금도 욕을 싫어한다. 나랑 상관없는 욕이어도 거부감이 든다. 어렸을 때도 하도 욕을 들어서 트라우마가 생긴 것 같다. 가끔은 몸이 경직되기도 하고, 기분이 바닥까지 다운되기도 한다. 욕과 함께 들었던 폭언들이 되살아나서 나를 공격하는 듯했다. 다시 태어난다면 욕과 폭언이 없는 환경에서 살고 싶었다. 적어도 성인이 되기 전까지라도 그런 환경에서 길러졌으면 좋겠다. 폭언이 영혼까지 파괴할 수 있음을 마흔 넘어 깨달은 후에는 더 간절해졌다.

초등학교 때는 고단한 삶이 이해가 안 되었다. 분명 엄마는 나에게만 계모인 것 같은데, 그럼 이야기가 안 만들어졌다. 나만 밖에서 데려왔나! 아빠가 밖에서 데려온 자식이라 나만 그렇게 구박하고 부려 먹고 때리는 건가? 근데 나만 주워 온 자식이라고 하기에는 정황상 안 맞는 부분도 많았다. 분명, 친딸은 맞는 것 같았다. 이게 더 서글펐다. 차라리 엄마가 계모였으면 고단한 삶과 상처투성이인 마음이 조금은 위로가 될 것 같았다. 자라는 내내 생각했다. 다음에 태어난다면 마음 편한 곳에서 살고 싶다. 언제 맞을지 몰라 불안해하지 않아도 되는, 폭력 없는 가정에서 태어나고 싶다.

자라는 동안 '사랑해'라는 단어를 한 번도 들어 본 적이 없다. 사랑해 대신 욕설과 폭언만 질리도록 들었다. 엄마에게 밥을 달라는 말을 한 번도 해 본 기억이 없다. 밥을 차려놓고 엄마 눈치를 보며 식사하라고 말하는 게 당연한 환경이었다. 엄마한테 투정이나 하소연이라는 것을 해 본 적이 없다. 엄마는 공포와 두려움의 대상이었기 때문에 욕 안 듣고, 안 맞기 위해 최선을 다해야 했다. 엄마는 한 번도 나를 안아 준 적이 없다. 엄마라고 부를 대상은 존재하는데, 나에게는 진짜 엄마가 없었다. 어린 은정이가 제일 불쌍했던 이유다.

'다시 태어난다면!' 이 말에 기대서 살아온 삶이었다. 작가가 되기 전에는 눈물 없이는 과거 이야기를 할 수가 없었다. 기억에서 지우고 싶을 만큼 악몽 같은 시간이었기 때문이다. 그렇지만, 치유를 위해 다시 마주해야 했다. 처음으로 대성통곡을 했다. 피하지 않기 위해 노력할 때마다 눈물이 났다. 다행히도 그 힘든 시간에도 끝은 있었다. 첫 번째 책을 집필할 때가 마지막 눈물이었다. 그 후로는 여전히 마음은 아팠지만 울지 않고 말할 수 있었다.

살아 있는 게 축복임을 깨달으면서 더는 과거를 피하지 않게 되었다. 현재 날 있게 한 원동력은 단연코 결핍이었고, 과거 나의 고난들은 날 단단하게 만들어 준 영양분이었음을 깨달았다. 지우고 싶은 악몽 같은 삶 또한 내 삶의 일부임을 인정하고 받아들이게 되었다. 그 시기를 잘 버티고 살아와 준 나를 내가 더 사랑해 주기로 했다. 더 나아가 그 에너지로 과거 나처럼 고통받는 사람들을 돕기로 했다.

더는 '다시 태어난다면'이라는 말을 떠올리지 않는다. 아니, 의미가 없어졌다. 현재 삶에 더할 나위 없이 만족하고 감사하며 살아가고 있기 때문이다.

2장

나도 행복해지고 싶다

1. 삶의 주인은 나야!

사회에서 만난 사람들, 특히 마흔 넘어 만나는 사람들은 내 과거 이야기를 듣고 당혹감을 감추지 못했다. 할 말을 잃을 만큼 놀라워했다. 본인들 앞에 있는 사람과 과거 이야기가 도무지 연결이 안 되기 때문이다. 충분히 공감된다. 과거의 어린 은정이도 현재의 내 모습을 마주한다면 전혀 못 알아볼 것이다.

오랜 기간 공포 속에서 자라다 보니 자연스럽게 눈치를 보고 살았다. 수시로 욕을 듣고 폭언에 시달리니 기가 죽어 있었다. 원래 성향 자체가 순한데, 자란 환경이 최악이다 보니 더 내성적으로 변하고 심각할 정도로 소심해졌다. 초등학교 내내 울기 바빴고 고개를 숙이고 살았다. 다행히도 여중에 진학하면서 학교생활이 조금씩 나아졌다. 여학생만 있다 보니 놀리고 괴롭히는 존재들이 사라졌기 때문이다. 그것만으로도 울 일이 줄었다.

중2 때 만난 선생님 덕분에 밑바닥이던 영어 실력에 변화가 찾아왔다. 동시에 삶에도 지각 변동이 시작되었다. 집에서는 쓸데없는 가시네라고 구박받았다. 너 같은 년이 뭘 하겠냐고 비난만 받고 자랐다. 그런 나에게 선생님의 아낌없는 인정과 칭찬은 새로운 세상이었다. 상처로 굳게 닫힌 마음이 조금씩 열리기 시작했다. 실력도 좋으셨고 수업도 잘하셨다. 엄하면서 따뜻한 카리스마에 끌렸다. 칭찬과 격려로 스스로 공부할 수 있게 이끌어 주셨다. 선생님에게 제대로 배운 덕분에 영어 실력을 키울 수 있었다. 선생님과의 인연으로 나는 영어 선생님이라는 꿈을 갖게 되었다.

성격을 바꾸고 싶다는 생각을 처음으로 한 것은 고등학교 때였다. 수업 시간에 발표 지목당하는 것도 벌벌 떨었던 나였고, 반에 있는 듯 없는 듯 조용하고 존재감이라고는 없었던 나였지만 뭔가 하고자 하는 의욕도 있다는 것을 알아차렸다. 내 안에 꿈틀거리는 에너지를 위해서라도 내성적인 성격을 바꿔 보고 싶었다. 중학교 때 영어를 정복한 경험, 고등학교에 들어오기 전 3개월 동안 스스로 영어에 몰입했던 경험이 긍정적으로 작용했다. 스스로 정한 목표를 성실하게 노력해서 이뤄 냈을 때의 쾌감을 맛본 덕분이었다.

학교생활을 좀 더 적극적으로 하기로 했다. 친구들을 사귀는 것부터 용기를 냈다. 그럴 수 있었던 것엔 여고라는 장점이 컸다. 중학교도 여학생만 있긴 했지만, 여고생보다는 철이 없었다. 타인에 대한 배려도 약했다. 그렇다 보니 중학교 때도 여전히 움츠려 지냈다. 가난하고 고단한 삶이 중학교 때는 마냥 창피한 일이었다. 하지만, 고등학교는 달랐다. 아픔에 공감해 주는 친구도 생겼고, 위로하며 도와주려는 친구도 있었다. 역경을 나의 약점이나 단점으로 보지 않았다. 중학교 때는 왕따와 같은 괴롭힘도 있었다. 그러나 고등학교 때는 그런 경험이 단 한 번도 없었다. 친한 친구들 덕분에 학교생활에 재미를 붙이기 시작했다.

공부도 잘하고 싶어졌다. 수업 시간에 적극적으로 참여하려고 애썼다. 홍수처럼 쏟아지는 숙제를 소화하려고 노력했다. 비록, 손 들고 질문할 용기는 없었지만, 선생님께 개인적으로 찾아가서 질문할 정도로 조금은 적극적인 학생으로 바뀌었다. 선생님과 친구들에게 수시로 질문하고 궁금한 점을 하나씩 해결해 가면서 실력을 쌓아 갔다. 하나씩 알아가는 맛에 공부가 재미있어지기 시작했다.

학년이 올라갈수록 용기가 커졌다. 고3 때 영어 선생님은 지목하는 걸 싫어하셨다. 수업은 100%로 학생들 발표로 이뤄졌는데, 호명이 아닌 자발적으로 참여하길 원하셨다. '누가 먼저 시작할래?' 한참 동안 침묵이 흘렀다. 이 침묵을 적극적으로 깨트렸다. 그러기 위해 항상 영어 수업 준비를 열심히 했다. 선생님이 이름을 부를까 벌벌 떨던 아이가 시키지도 않았는데 스스로 일어나 영어 지문 독해를 하고 문제를 풀었다. 일어날 때 떨리기는 했지만, 선생님에게 잘했다는 피드백을 받으면 뿌듯했다. 그 맛에 매시간 도전을 즐겼다. 놀라운 변화였다.

드디어 대학생이 되었다. 고3 생활을 하면서 꿈꿨던 일들을 하나씩 해 볼 생각에 들떴다. 학생회 선배들 덕분에 대학 생활에 자연스럽게 적응했다. 여러 모임과 행사에 부지런히 참여하면서 과 활동을 적극적으로 했다. 2학년 올라갈 때 선배의 제안으로 학생회 임원을 했다. 선거 전에 학년 강의실을 돌며 선거 유세를 할 때 떨었던 기억이 지금도 생생하다. 부회장이 되고 나서도 행사 때마다 앞에 나가는 게 곤혹스러웠다. 그렇지만 학생회라는 새로운 경험은 성격을 바꾸려는 시도로 충분했다.

애써 학교에 갔는데 휴강이란다. 수업을 안 한다는 게 마냥 좋아서 친구들과 잔디밭에 앉아 수다를 떨었다. 그러다 밥을 먹으러 가거나 오후에 놀 건수를 만들었다. 그렇게 그날 하루를 즐겼다. 신입생 때 대학 생활 대부분이 그랬다. 놀 때는 좋았는데, 차츰 낭비된 시간에 스트레스를 받기 시작했다. 대학 생활은 자유를 누리는 대신 소중한 시간은 스스로 관리해야 함을 깨달았다.

그때부터 플래너를 쓰기 시작했다. 낭비되는 시간을 효율적으로 쓰기 위해서였다. 인생의 황금기가 대학 4년이라는 말을 자주 들었다. 나중에 후회하지 않도록 유한한 시간을 소중하게 쓰고 싶었다. 그 마음으로 플래너를 쓰고, 주도적으로 삶을 챙기기 시작했다.

2. 노력과 결과는 비례하지 않았다

'삐! 불합격입니다.' 믿기지 않는 상황이었다. 후진 기어가 말을 듣지 않아 당황한 사이 시험 종료 벨이 울렸다. 운전 면허증을 받는 상상에 부풀어 있었는데 이게 무슨 날벼락인지! 집에 도착하자마자 점심도 패스하고 침대에 누웠다. 처음 경험한 실패였다.

머리가 좋지 않다는 것을 잘 알기에 매사 노력하는 자세가 기본이었다. 실기 준비할 때도 운전 면허 학원을 성실하게 다녔다. 별다른 어려움이 없었기에 한 번에 패스할 줄 알았다. 면허증을 손에 쥐면 어떤 느낌일지 들떠 있었다. 그런데 한순간에 연기처럼 사라졌다. 지나고 보면 기억도 안 날 일인데, 처음 겪는 불합격이라 충격이 컸던 것 같다. 5년 뒤 사회에 나가 무수히 많은 실패를 겪었다. 그것에 비하면 운전 면허 실기 불합격은 명함도 못 내밀 일이었다.

핸드폰 진동에 눈을 떴다. 시계를 보니 5시 40분이다. 대충 가방을 싸서 근처 학원으로 갔다. 10시부터 시작하는 수업 자리를 미리 맡아두기 위해서였다. 처음에는 이 정도로 치열하지 않았다. 서서히 경쟁이 붙다 보니 시간이 계속 당겨졌다. 결국 건물 셔터가 올라가는 시간에 가야 원하는 자리에서 수업을 들을 수 있었다. 가방과 책을 놔두고 다시 고시원으로 돌아와서 씻고 공부를 했다.

노량진 고시원에서 난생처음 서울 생활을 경험했다. 친구랑 몇 군데 둘러보고 6개월 정도 지낼 고시원을 선택했다. 생각보다 방이 좁았다. 책상 밑에 다리를 펴고 누우면 머리에 문이 닿았다. 누워 있을 때 밖에서 문을 열면 안 되는 환경이었다. 책상 밑으로 다리를 넣기 위해 의자는 책상 위로 올리고 누워야 했다. 이런 곳에서 생활할 것이라고 상상조차 못 했지만, 노량진 고시원 대부분이 그렇게 생겼기 때문에 고시생으로서 당연한 경험이라 여겼다. 혼자라면 엄두가 안 났겠지만, 함께하는 동기와 선배들이 있어서 할 만했다.

꼭두새벽에 가서 강의실 자리를 맡아둔 덕에 앞자리에서 수업을 들었다. 수업 내용 하나라도 놓칠까 집중하며 부지런히 필기했다. 오전에는 전공 수업을 듣고, 오후에는 교육학 수업을 들었다. 간단히 저녁을 먹은 후 늦은 밤까지 공부했다. 내년에 이 생활을 또 할 수 없다는 각오로 최선을 다했다. 시험 볼 때까지 한 번도 집에 안 가겠다는 결심으로 올라온 터라 명절에도 텅 빈 고시원을 지켰다. 노력하는 모습을 지켜본 전공 강사도 내가 떨어지면 붙을 사람 없겠다며 응원과 지지를 보내 줬다. 할 수 있는 최선의 노력을 다하고 고시원 생활을 마무리했다.

패잔병으로 그해 겨울을 보냈다. 시험에 떨어진 사실도 충격이었지만, 함께 서울로 올라간 일행 중 나만 떨어졌다는 사실이 충격의 늪에서 허우적거리게 했다. 앞으로 어떻게 해야 할지 막막했다. 다시 그만큼 열심히 할 수 있을까? 자신이 없었다. 노력해도 안 되는 게 있다는 사실을 그때 처음 깨달았다. 그전까지는 속도의 차이가 있을 뿐 노력하면 무조건 된다고 믿고 있었다. 그 믿음이 깨지니 더 절망스러웠다.

우울하게 시작한 3월, 갑자기 고등학교로 출근하게 되면서 삶에도 다시 봄이 찾아왔다. 일상에 활력이 넘쳤고 얼굴에 생기가 돌았다. 역시나 활기 넘치는 아이들과 함께 지내니 좋았다. 학교의 시끌벅적함이 반가웠다. 수업하는 것도 재밌고 선생님들과 함께 근무하는 즐거움도 컸다. 2개월의 경험이었지만, 역시 이 길이 내 길임을 확인하는 계기가 되었다. 시험을 다시 볼까 고민하던 차에 또 학교로 가게 되었다.

뭐든 열심히 했다. 수업을 몇 시간 맡든, 어떤 업무가 맡겨지든 무조건 예스였다. 누구보다 일찍 출근하고 늦게 퇴근하는 것은 기본이었다. 주말과 휴일에도 나갔다. 학생들에게 도움 되는 일이라면 기꺼이 시간을 냈다. 좋아하는 일이기에 최선을 다하고 싶었다. 사회 초년생의 열정을 모두 쏟았다. 그 몇 년 동안 열정 페이를 제대로 경험했다.

30대 후반에 우연히 〈미생〉이라는 드라마를 보았다. 연기력도 뛰어나고 연출도 탄탄해서 인기가 많았다. 개인적으로 그 드라마가 의미 있었던 이유는 장그래 때문이었다. 남 일 같지 않았다. 장그래를 통해 20대 시절이 자동 소환되었다. 장그래가 경험한 일, 나에게도 네 번 정도 일어났었다. 10년이 훌쩍 지난 시점에 과거의 아픔을 마주하는 게 유쾌하지는 않았다. 그렇지만 드라마를 통해 소환된 만큼 다른 각도로 볼 수 있는 경험이기도 했다.

자라는 동안에도 아들, 딸 차별에 한이 맺혔는데, 사회의 남녀 차별도 만만치 않았다. 대학교 때는 남학생을 이뻐하는 교수들의 편애를 감내해야 했다. 심할 때는 취업까지 해결되었다. 혜택받는 동기나 선배들이 부러울 때가 많았다. 취업이 안 된 제자 중 남학생들만 따로 챙기는 경우도 여러 번 보았다. 졸업 후 학교에서 근무할 때도 온통 남자 우선이었다.

남자라는 이유만으로 대접받고 특혜를 누렸다. 실력과 능력은 그다음 문제였다.

누구보다 실력이 뛰어나고 성적이 아무리 우수해도, 궂은일 도맡아 하며 일 잘한다는 인정을 받아도, 차별과 빽 앞에서는 힘을 쓰지 못하는 경우를 주변에서 자주 보았다. 남 일 같지 않아 함께 분노하며 슬퍼했다. 젊은 날의 비참하고 서러운 여러 경험을 통해 깨달았다. 노력과 결과는 비례하지 않는다는 사실을 말이다. 그렇지만 사회의 부조리함을 통해 칠전팔기를 경험한 덕분에 오뚝이가 되었다.

비록 노력이 결과를 보장해 주지는 않지만, 또 다른 길을 갈 수 있는 자양분이 되었다는 사실을 시간이 흘러 알았다. 그런 면에서 나의 20대 열정 페이는 의미 있고 값진 경험이었다.

3. 결핍을 노력으로 채워 보자

커피를 타서 난로 옆으로 갔다. 같은 실을 쓰는 선생님들이 수업에 들어가고 혼자 빈 시간이었다. 교과 연구실의 고요함이 사색하기 딱 좋은 분위기였다. 커피를 한 모금 마시며 생각에 잠겼다. 어떻게 해야 할까?

지난달에 진행된 공채를 떠올렸다. 주변 권유로 지원했으나, 좋은 결과를 기대하기에는 베이스가 약했다. 공채 지원자 중 아는 사람이 있었다. 안면 있는 같은 과 선배였다. 대학원 공부를 하고 있던 선배가 갑자기 교직에 지원했다는 게 의아했다. 선배의 이력을 잘 알기에 이변이 없는 한 그 선배가 될 것 같았다. 교직 경력이 없기는 하지만, 워낙 서류 점수가 훌륭하기 때문이다. 결과는 예상대로였다.

다시 진로를 고민했다. 다른 학교에 지원할까도 했지만, 시기적으로 늦었다. 대부분 공채가 끝났기 때문이다. 이 시점에 내가 할 수 있는 일이 뭘까? 뭘 하며 미래를 준비해야 할까? 질문을 계속 던지는 순간 강하게 떠오르는 단어가 있었다. 부족함이었다. 처음부터 선배가 강자라고 생각했던 이유는 학력과 실력 때문이었다. 학부 졸업과 박사 수료는 점수 차이가 크다. 학력을 생각한 순간 대학원을 가야겠다는 결심이 섰다.

커피잔을 내려놓고 자리로 갔다. 대학교 홈피에 접속했다. 시기적으로 늦은 감이 있지만, 가능성을 확인하고 싶었다. 알림창을 보는 순간 진학하라는 하늘의 계시를 받은 것 같았다. 어서 오라는 듯 추가 모집 안내 글이 떠 있는 것이었다. 정상적인 학사 일정은 이미 지났다. 추가 모집 마감 기간도 이틀밖에 남지 않은 상황이었다. 그 시점에 모집 요강 글을 봤다는 게 운명처럼 느껴졌다. 분주하게 서류를 접수하고 대학원 석사과정에 진학했다.

30대 초반은 모든 것을 잃고 인생을 끝내고 싶던 시기였다. 내일 아침 눈을 뜨지 않게 해 달라고 매일 밤 기도를 하지만, 이뤄지지 않아 사는 게 고통이라고 여기던 시기였다. 대인 기피증에 은둔 생활을 자처했다. 그런 생활을 이어 가던 어느 날, 우연히 지나간 서점에서 운명처럼 책을 만났다. 평생 읽어도 다 못 읽고 죽을 만큼의 엄청난 책을 보며 서점에 꽂혔다. 어차피 두문불출하고 지내는 거 집이 아닌 서점 모퉁이로 장소를 옮기기로 했다. 여기에 있는 책을 계속 읽다 보면 자연스럽게 삶이 끝날 것 같았다.

서점은 단순히 도피처였다. 하지만, 그곳에서 보낸 3년의 시간은 충전하는 시간이었고, 성장의 시간이었다. 실력을 키우는 시간이기도 했다. 삶을 다시 시작할 힘도 얻었다. 지나고 보니 결과적으로 그랬다. 목적 없는 독서였지만, 대형 서점의 강점을 살려 분야를 가리지 않고 읽었다. 그렇게 다방면으로 책을 읽다 보니 다양한 주제의 독서를 할 수 있었다. 재미가 붙은 분야는 꼬리에 꼬리를 무는 독서를 했다. 그만큼 지식이 쌓이고 내공이 다져질 수밖에 없었다.

서점 생활을 하던 중반에 다시 취업이 되었다. 독서를 통해 삶에 관한 생각이 바뀌고 마음가짐이 달라진 덕분이라고 생각한다. 그것을 잘 알기에 취업 후에도 녹초가 된 몸을 이끌고 집이 아닌 서점으로 퇴근했다. 부족한 것을 채우기 위해 책을 읽고, 나를 성장시킬 공부를 하기 위함이었다.

20대 때부터 계획표에 꼭 챙기는 것 중 하나가 운동이었다. 결코 운동을 좋아해서가 아니다. 20대인데도 늘 체력이 부족했기 때문이다. 호기심이 왕성한 만큼 하고 싶은 것이 많았는데, 체력이 발목을 잡았다. 상황이 이렇다 보니 운동을 할 수밖에 없었다. 의무감으로 하는 운동이기에 재미있는 운동 위주로만 20년 넘게 꾸준히 했다.

마흔을 넘어 몸에 부족한 것을 또 하나 발견했다. 그건 바로 근력이었다. 그런데 안타깝게도 제일 싫어하는 운동이 헬스다. 운동이 얼마나 힘든데, 재미라도 있어야 하지! 쇳덩어리를 들었다 놨다 재미없는 헬스를 하는 사람을 존경의 눈으로 바라보곤 했다. 늘 외면하던 운동이었는데, 마흔 후반에 할 수밖에 없는 계기를 만났다. 그렇게 난생처음 헬스 세계에 입문하게 되었다.

근력 운동을 하면서 가난한 근력 상태에 대해 더 자세히 알게 되었다. 작년 초 근력 운동을 목표로 PT를 시작했다. 그때부터 근력을 저축한다는 마음으로 열심히 쌓아 가고 있다. 기초 대사량이 낮다 보니 근력이 생기는 데 다른 사람들보다 몇 배의 노력이 필요했다. 시간도 오래 걸렸다. 더디 가더라도 포기하지 않고 꾸준히 해 보려고 한다.

어렸을 때부터 결핍투성이였다. 결핍을 해결하기 위해 내가 할 수 있는 유일한 것은 노력뿐이었다. 어떻게 하면 부족함을 해결할 수 있을지를 고민했다. 고민 해결을 위해 할 수 있는 일을 찾아다녔다. 방법이 보이면 우직하게 부족함을 채워 나갔다. 매사 거북이처럼 속도가 느리지만, 포기하지 않고 노력해 왔다. 그때부터 자연스럽게 부족하면 채우면 된다는 의식이 장착된 것 같다.

부족하면 채우면 되지라는 생각으로 돌파구를 찾으니 다른 문이 열리는 경험을 여러 번 했다. 석사과정만 염두하고 대학원에 갔는데 논문을 너무 재미있게 썼다. 그 즐거움에 박사과정까지 밟게 되었다. 3년 정도 서점 생활을 하며 나를 채웠더니 10년 후 새로운 길이 펼쳐졌다. 작가의 삶을 살게 된 것이다. 더 나아가 지금은 읽고 쓰는 삶을 전하는 글쓰기 코치로 활동하고 있다. 부족한 근력을 채우기 위해 꾸준하게 아령과 바벨을 들었더니 보디 프로필도 찍게 되었고 나이 먹을수록 더 건강해지는 변화를 경험하고 있다.

부족한 것보다 그 부족한 것을 어떻게 채울 것인지에 집중한 결과들이다.

4. 진짜 원하는 게 뭐니

만신창이가 되었다. 대학을 졸업하고 사회에 나온 첫해부터 강한 펀치를 맞았다. 간신히 추스르고 일어나 방향을 바꿔 다시 도전했다. 실패했다. 방향을 바꾼 후 처음 도전한 거니 손을 털며 가볍게 일어났다. 1년간 씨를 뿌리고 땀을 흘리고 농사를 지었다. 결과는 흉년이었다.

젊음의 패기로 다시 한번 일어났다. 1년 더 씨를 뿌리고 열정을 불태웠다. 꽃이 피고 열매가 맺히길 기대했지만, 영혼을 갈아 넣은 노력은 연기처럼 사라졌다. 또 사회의 펀치에 넘어졌다. 일어날 때마다 세상의 펀치는 더 강해졌다. 절망의 눈물과 함께한 20대였다. 시련에 의한 상처도 깊어졌다. 일곱 번 넘어지고 여덟 번 일어나는 칠전팔기를 제대로 경험했다.

다시 일어날 때마다 시간이 오래 걸렸다. 그렇지만 그대로 주저앉아 있던 적은 단 한 번도 없었다. 어떻게든 돌파구를 찾으려 했고, 다시 일어나려고 애썼다. 20대 후반, 반복되는 시련에 만신창이가 되어 갔다. 고요히 앉아 나에게 진지하게 물었다.

'네가 진짜 원하는 게 뭐야? 어떨 때 행복해?'

내 노력으로 돈을 벌었을 때, 가르친 학생의 수학 성적이 올랐을 때, 나와 인연이 된 계기로 학생들의 표정이 밝아지고 태도에 변화가 생겼을 때, 수학 토론을 하던 학생 입에서 깨달음을 표현하는 감탄사가 나올 때, 하루를 마치고 잠자리에 누웠을 때의 노곤함 등등이었다. 스스로 던진 질문에 대한 답을 찾아 가면서 다음 스텝을 고민했다.

내가 진짜 좋아하는 건 학생들과 수학으로 소통하는 일이었다. 수학 고민을 해결해 주는 일이 천직이라 여겨졌다. 이 사실을 인지하고 나니 적을 어디에 두냐는 큰 의미가 없어 보였다. 학교에서든, 학원에서든, 집에서든 아이들만 가르칠 수 있으면 되는 것이었다. 어디서든, 누구든 내 도움이 필요하다면 기꺼이 도와주는 것에 초점을 맞췄다.

앞으로 걸어갈 길에 대해 교통 정리가 되고 나니 더는 방황할 이유가 없어졌다. 낮에는 대학원을 다니고 저녁에는 학교에서 심화반 수업을 하고 밤에는 자정 넘어서까지 과외를 했다. 이 생활이 3년 이상 지속되었다. 집에 와서 씻고 누우면 새벽 1시가 훌쩍 넘었다. 잠자리에 눕자마자 노곤함에 바로 곯아떨어졌다. 누워서 몸을 돌릴 때마다 '아이고'라는 말이 절로 나왔지만, 나는 그 고단함을 사랑했다. 오늘 하루를 열심히 산 증표 같았기 때문이다.

지나고 보니 열정 페이가 결코 헛된 수고가 아니었다. 수업 한 시간을 부탁받으면 열 시간 이상의 시간 투자를 했다. 수업만 하면 되는데, 하위권 아이들 개별 지도까지 들어갔다. 다들 퇴근했는데, 혼자 학년 교무실에 남아 아이들 공부를 봐줬다. 일찍 출근하고 늦게 퇴근하는 게 일상이었다. 아이들이 수학을 포기하지 않게 하려고 최선을 다했다. 수업 시간에도 가능한 한 반 전체 아이들을 이끌고 가려고 애썼다. 기초가 없어 수업 시간에 넋 놓고 있는 아이들이 안타까워 어떻게든 도와주고 싶었다. 공부는 하고 싶은데, 기초는 없고 그렇다고 사교육 받을 형편이 안 되는 아이들도 관심 대상이었다. 그들을 도와줄 수 있다는 것 자체가 기쁨이고 보람이었다.

땀과 노력은 절대 배신하지 않았다. 성실하고 열정적인 모습을 같이 근무했던 선생님들이 높이 평가했다. 내가 더 나은 교사가 될 수 있도록 물심양면으로 도와주셨다. 가르쳤던 학생들, 학부모들 또한 나에게 큰

신뢰를 보냈다. 더 성장할 수 있도록 힘을 실어 주었다. 덕분에 20년 넘게 아이들과 수학으로 소통하는 행운을 누렸다. 감사한 시간이었다. 다음 생애 태어나도 또 이 일을 하고 싶을 만큼 가르치는 일이 천직이라고 생각한다.

서점으로 출근한 지 1년 반쯤 지났을 때 다시 일을 시작하게 되었다. 다시 일을 시작했을 뿐 상황이 달라진 것은 아무것도 없었다. 그래서 서점으로 퇴근했다. 녹초가 된 몸이었지만, 집에 가서 쉬면 돌파구가 없을 것 같았다. 출근을 시작한 후에는 생존 독서뿐만 아니라 공부도 병행했다. 스스로 승진 공부라 부르고 실력을 키우는 공부에 정성을 쏟았다. 그 덕분에 30대 중반부터 일에서 날개를 달 수 있었다.

미래를 계획할 때 마흔에 은퇴를 선물하고 싶었다. 맨땅에 헤딩하며 넘어지고 일어나기를 수없이 반복하며 고생한 나이기에 그런 호사를 누리게 해 주고 싶었다. 한 가지 더 막연하게 갖고 있던 생각이 잘 나갈 때 멈춤을 선택하는 거였다. 감사하게도 그 시기가 나에게 마흔이었다. 목표를 이룬 덕분에 나와의 약속을 지킬 수 있었다.

일이 계속 꼬이고 안 풀릴 때, 걸어가는 길이 막막할 때 잠시 멈춰 생각해 보자. 진짜 원하는 삶이 어떤 것인지, 진정으로 하고 싶은 일의 본질이 무엇인지 말이다. 꿈을 이루는 길이 다양하다는 것을 볼 수 있으면 좋겠다. 노력에 따라 차선이 최선이 될 수 있다는 점을 전하고 싶다. 차선으로 더 행복할 수 있고 더 넓은 세상으로 나아갈 수 있다는 사실도 곁들이고 싶다.

5. 그렇지만 나도 행복해지고 싶어

'이거 내 삶 맞아? 이렇게 평온해도 되는 거야? 이렇게 여유 있어도 되는 거야? 일 안 하는 저녁 시간, 이거 실화야? 나도 이제 웃고 살 수 있는 거야?'

안 믿겨서 나에게 계속 물었다. 급기야는 볼을 꼬집어 현실임을 확인했다. 감사한 현재 삶이 내 삶이 맞았다. 다만, 이렇게 된 지 얼마 되지 않아 어색했을 뿐이었다.

어릴 때는 부엌데기 생활이 고달팠다. 해도 해도 끝이 없는 집안일이었다. 10대가 감당하기에는 벅찬 삶이었다. 고난의 2위였던 엄마의 폭행이 언제 닥칠지 모르니 긴장하고 살아야 했다. 여기에 영혼을 파괴하는 엄마의 폭언까지 가해지니 버티기가 힘들었다. 난 왜 태어났을까!

나가서 죽어 버리라는 말을 수시로 듣는 나를 신은 왜 태어나게 했을까? '쓸모없는 가시네!'라며 본인 삶이 힘들 때마다 딸의 존재를 저주한 엄마의 말을 들을 때마다 묻지 않을 수 없었다. 하필이면 이런 집에 태어나 고생은 고생대로 하고 인정도 못 받고 늘 구박만 받는지 이해할 수가 없었다.

아르바이트를 구했다. 쓸모 있는 인간이 되기 위해 열심히 했다. 난생처음 내 힘으로 돈을 벌어 보니 신기했다. 필요한 존재라는 것을 느끼게 해 준 것은 단연코 수업이었다. 수업을 통해 수학을 어려워하는 학생들을 도와주고 상담을 통해 부모들의 근심을 덜어 주는 일이 좋았다. 여전히 집에서는 쓸모없는 가시네였지만 밖에서는 실력과 성실함을 인정받고 학생들에게 도움이 되는 존재가 되어 가고 있었다. 하지만 여기까지였다.

사회의 차별은 냉정했다. 극복할 수 없는 차별 때문에 고통받았다. 실력, 성실함, 책임감보다 더 중요한 게 존재한다는 것을 사회에서 넘어지면서 배웠다. 성실하게 노력하는 것만이 내가 할 수 있는 유일한 일이었다. 아니, 한 가지 더 있었다. 매일 저녁, 일기를 쓸 때마다 기도하는 일이었다. 맨날 빌었다. 하지만, 상황은 나아지지 않았다. 답답할 뿐이었다. 나는 물론이고 주변에서 보기에도 지지리도 복도 없고 운도 없는 사람이었다. 내 삶은 왜 이럴까! 한탄의 연속이었다.

조금이라도 안정된 상태에서 30대를 시작하길 꿈꿨지만, 현실은 정반대였다. 고난의 최고봉을 찍고 또 무너졌다. 일어설 힘이 더는 없었다. 이쯤 되니 삶에 대한 미련도 원망도 사라졌다. 아무것도 안 하고 싶었다. 그저 모든 걸 내려놓고 싶다는 생각만 간절했다. 매일 밤 기도하는 것은 똑같았다. 다만, 이때는 뭔가를 바라기보다는 그냥 내일 아침에 눈 안 뜨게 해 달라고 했다. 신은 이 부탁도 들어주지 않았다.

나만 빼고 세상 모두가 행복해 보였다. 다들 쉽게 잘 살아가는데 내 삶은 왜 이렇게 고달프기만 하지? 잠깐 겪는 어려움도 아니고 태어나서 지금까지 편안해 본 기억이 없다. 주변에 온통 부러운 사람투성이였다. 공부 열심히 안 해도 취업이 쉽게 되던 남자 선후배들, 부모의 지원 덕에 수월하게 진학하고 취업하던 지인들, 심지어 결혼해서도 양가의 도움을 받으며 일을 계속하고 삶을 즐기는 지인까지 모두 부러웠다. 다들 무슨 복을 받고 태어난 걸까!

서점에서 은둔 생활을 할 때였다. 책을 읽다 잠깐 고개를 들었는데, 시선이 머문 곳이 패밀리 레스토랑이었다. 환하게 웃으며 식사하는 사람들이 모두 행복해 보였다. 그 모습에도 눈이 뿌예졌다. 내 처지가 너무 초

라했기 때문이다. 농땡이 피우고 대충 살았다면 현재의 고달픔이 견딜 만했을 텐데, 정반대였기에 신세가 더 처량했다. 흐려진 눈으로 고개를 돌려 보니 퇴근 후 저녁 시간을 즐기는 사람들의 표정에는 행복이 넘쳐흘렀다. 마치 딴 세상에 온 이방인 같았다.

10대 때는 일기장에 늘 바람, 부탁이 넘쳐 났다. 엄마한테 안 맞게 해 주세요, 학교 갔다 오면 화난 엄마가 없게 해 주세요, 내일은 엄마가 준비물 값을 주게 해 주세요. 저도 엄마 사랑을 받는 딸이 되고 싶어요. 아빠 사업이 잘돼서 부모님이 안 싸웠으면 좋겠어요. 화목한 가정에서 살고 싶어요. 우리 가족 모두 행복하면 좋겠어요.

긍정적인 사람이 되자, 부지런해지자, 일찍 일어나자, 최선을 다하자 등등. 성인이 되었을 때 쓴 일기장에는 다짐이 가득했다. 특히 '긍정적인 사람이 되자.'가 제일 기억에 남는다. 머리부터 발끝까지 부정적인 사람인 것을 잘 알기 때문에 긍정적인 사람이 되고 싶었다. 10년 넘게 써 보고 다짐했지만, 나는 긍정적인 사람이 되지 못했다. 이렇게 쓰는 것은 효과가 없다는 것을 나중에 깨달았다.

행복하기 전에는 바람만 가득했다. 어떻게 바꿔야 하는지 몰랐기 때문에 기도만 했다. 어린 시절 아픔을 마주할 용기가 없어 기억 저편에 꽁꽁 묻어 둔 채로 살려고 했다. 그러니 어떻게 긍정적인 사람이 될 수 있었겠는가! 긍정적인 사람이 되고 싶다고 아무리 노력해도 그것은 가짜 노력이 될 수밖에 없었다.

진심으로 행복해지고 싶었다. 단 하루를 살더라도 행복하게 살고 싶었다. 하지만, 바람만 있을 뿐 방법을 모르니 공허하게 느낄 때가 많았다. 무의미한 노력만 계속하면서 불행한 삶을 벗어나지 못했다. 많은 시간이 흐른 후에 방법이 틀렸음을 깨달았다. 치유라는 단어를 만났다. 상처를 대하는 법을 배우면서 불행을 끊어 내는 시작을 할 수 있었다.

행복해지고 싶다면 그것을 이루기 위해 진짜 노력을 해야 한다. 그 노력에는 시간과 정성이 절대적으로 필요하다. 다음 장부터는 불행했던 삶이 행복이라는 단어가 잘 어울리게 달라진 과정을 이야기하려고 한다. 긍정을 넘어 무한 긍정, 초긍정으로 바꾼 노력이 여러분에게 도움이 될 것이다.

3장

행복은 선택이었다

1. 동아줄이 되어 준 영화

밤 11시, 생각보다 관객이 많았다. 문화생활 즐기는 사람들을 영혼 없는 눈으로 바라봤다. 영화관에 앉아 있지만, 나는 영화를 보러 온 게 아니었다. 영화 볼 상황도 아니었고, 마음의 여유도 없었다. 감명 깊게 본 영화인데 한 번 더 보고 싶다는 동생이 나를 끌고 왔다. 마지못해 따라와 시작부터 끝나기만을 기다리고 있었다.

세상만사 다 포기한 사람처럼 퍼져 있었다. 무표정으로 스크린을 응시했다. 달리기 이야기가 감동이면 얼마나 감동이겠나 싶었다. 눈으로는 영화를 보고 있지만, 현실에 대한 고민으로 머릿속은 뒤죽박죽이었다. 미간을 찡그리며 눈을 감았다. 긴 한숨이 절로 나왔다.

그때 뜻밖의 소리가 귀에 강하게 꽂혔다. 그 소리에 압도당했다. 눈을 뜨고 스크린을 봤다. 퍼져 있던 몸을 일으켜 세웠다. 상체가 스크린 쪽으로 쏠렸다. 영혼 없이 영화를 보던 나를 흔들어 댄 것은 다름 아닌 주인공의 숨넘어가는 소리였다. 장애가 있는 주인공이 풀 코스를 도전하는 장면이었다. 춘천에서 42.195km를 뛰는 중간에 힘들어서 주저앉았다. 주인공의 심장 박동 소리가 꽤 웅장하게 들렸다. 쿵쾅거리는 심장 소리 위에 지나가는 마라토너들의 힘내라는 응원 소리가 더해졌다. 어떤 사람은 초코파이를 건네고 갔다. 주인공은 거친 숨을 내쉬며 주변을 돌아봤다. 잠시 후 일어나 다시 뛰기 시작했다.

그렇다. 나는 주인공의 숨넘어가는 소리에 꽂혔다. '저 고통을 내가 느껴야겠다. 주인공처럼 저 상황에 놓이게 되면 현실의 고통을 잊지 않을까?' 설사 잊지 못하더라도 고통이 상쇄될 것 같았다. 당장 해 보고 싶었다. 마치 현실의 고통에서 벗어날 수 있는 돌파구를 찾은 듯했다. 영화가 빨리 끝나기만을 기다렸다.

집에 도착하자 컴퓨터를 켰다. 시계를 보니 새벽 1시 30분을 넘어가고 있었다. 동호회를 검색했다. 크기가 좀 있는 동호회가 세 군데 정도 보였다. 동호회마다 들어가서 분위기를 살폈다. 그중 한군데를 골라 가입했다. 훈련은 수요일, 토요일에 하고 일요일은 마라톤 대회 혹은 장거리 연습으로 한다고 했다.

난생처음 4km를 뛰었다. 1km는 뭣 모르고 따라 뛰었다. 2km 정도 뛰니 힘들었다. 3km를 지나니 정신이 번쩍 들었다. '아! 내가 뭔가에 홀렸었구나. 잘못 생각했구나. 미쳤었구나!' 영화에서 받은 마라톤에 대한 환상이 순식간에 깨졌다. 달리기를 못 뛸 뿐만 아니라 안 좋아한다. 고등학교 졸업 후 10년 만에 처음 뛰는 거였으니 얼마나 힘들었겠는가!

어영부영 한 달이 갔다. 달리기를 떠나 동호회 생활도 나름 재미있었다. 달리기보다 동호회 활동에 더 관심이 갔다. 당시 동호회 정회원 기준이 여자는 10km 완주였다. 정회원만 되면 달리기는 살살 해도 될 것 같았다. 10km 완주를 목표로 했다. 혼자는 못 뛰지만, 훈련할 때는 같이 뛰니깐 그나마 뛸 만했다. 차근차근 달리기 거리를 늘려 갔다. 동호회에 가입한 그해 가을 섬진강에서 난생처음 10km 완주를 했다.

그 후, 5km, 10km 거리만 뛰면서 동호회 활동을 이어 갔다. 대회에 나가는 일은 당일치기로 나들이 가는 기분이 들었다. 경품 추첨을 통해 지역 특산물도 나눠 주기 때문에 배번은 끝까지 챙겼다. 행사장에 먹거리 홍보 부스들도 여러 군데 만들어져 있어 지역 축제에 온 느낌이었다.

같이 시작했던 사람들 대부분이 하프를 도전했다. 그중 한두 명은 풀코스를 준비하기도 했다. 주변에서 언제까지 10km만 뛸 것이냐며 지속적인 관심으로 바람을 잡았다. 동호회에 들어온 지 좀 되는데, 나도 하프에 한번 도전해 볼까 하는 마음이 꿈틀거렸다. 겨울에 준비하면 봄에 뛸 수 있을 것 같았다. 그렇게 하프 출사표를 던지고 겨울 훈련 시간에 착실하게 참여했다. 추위에 유독 취약한 나지만, 함께 달리니 용기 내 볼 수 있었다.

첫 하프를 함평에서 완주했다. 춥지도 덥지도 않은 이상적인 날씨였다. 햇살도 강하지 않아서 뛸 때 체력 소모가 적었다. 대회 코스가 천변을 끼고 있어서인지 간간이 가벼운 바람도 불었다. 겨울에 성실하게 준비한 덕분에 예상보다 좋은 기록으로 하프를 완주했다. 두 시간 동안 달리느라 힘들었지만, 그래도 완주했다는 뿌듯함이 컸다. 달리기를 잘 못하는 내가 하프까지 완주했다는 사실은 놀라운 변화였다. 완주 메달을 보고 또 봤다. 일요일에 마라톤 대회를 나갔다 오면 기분 좋음이 다음 주까지 이어졌다. 해냈다는 뿌듯함에 에너지가 빵빵해진 덕분이다.

큰 산을 하나 넘었음에도 뭔가 모를 1% 찝찝함이 있었다. 그건 바로 풀코스에 대한 미련이었다. 21km 뛰었는데, 이걸 한 번만 더 뛰면 풀코스인데……. 여기에 마라톤의 정직함까지 더해져서 풀코스에 대한 고민을 키웠다. 막상 뛰어 보니 마라톤이라는 운동이 얼마나 정직한 운동인지 알게 되었다. 만약 내가 여기서 멈추면, 나중에 풀코스를 뛰고 싶은 마음이 들 때 1km부터 다시 뛰고 연습해야 한다. 이대로 멈추기에는 하프 연습한 시간과 노력이 아까웠다. 그렇게 나는 풀코스 도전 쪽으로 마음이 기울고 있었다.

2. 42.195km 심장을 다시 뛰게 했다

고민 끝에 출사표를 던졌다. 하프를 완주한 그해 가을, 춘천에서 풀코스를 뛰기로 했다. 어찌 되었든 내가 마라톤에 입문하게 된 계기는 영화 〈말아톤〉 덕분이니 영화 주인공 완주했던 춘천 마라톤 대회에서 뛰고 싶었다. 비장한 각오로 접수했다.

혼자서는 꿈도 못 꿀 일이지만 동호회에서 함께 준비하니 걱정은 없었다. 다만, 과정이 만만치 않았을 뿐이다. 주중 이틀은 생활권에서 훈련하니 4km, 7km 몸풀기로 뛰었다. 일요일은 무조건 야외로 빠져 장거리를 뛰었다. 초반에는 20km 정도 뛰었다. 대회가 두 달 정도 남았을 때부터는 30km~35km씩 달렸다. 이때 출발 후 5km까지가 제일 힘들다. 아무리 스트레칭을 한다고 하지만 잠에서 깬 지 얼마 안 되었기 때문에 몸이 덜 풀린 상태다.

평소에는 일요일 훈련을 오전 6시에 한다. 하지만 여름철은 9시만 되어도 더워져서 한 시간 일찍 만났다. 집에서 4시 반에는 출발해야 하니 일어날 때부터가 나를 이기는 시간이었다. 특히, 토요일 수업이 늦게 끝났기 때문에 일요일 새벽 기상은 강한 의지가 필요했다. 달리기를 좋아하는 사람도 아닌데, 풀코스 완주라는 목표를 위해 몸부림쳤던 시간이었다.

풀코스를 준비하면서 두 번째로 힘들었던 것이 가끔 있는 산행이었다. 같은 산이라도 코스가 여러 가지가 있다. 평소 운동과 달리기로 단련된 분들이어서 그런지 동호회에서 선택한 코스는 장난 아니었다. 불태산 산행을 포기하지 않으면 무난하게 완주할 수 있다는 선배 마라토너들 말에 끝까지 해냈다. 그러나 중간에 죽어 버리는 줄 알았다. 지금도 등산하면 불태산이 떠오르고, 가장 힘든 산행으로 기억된다.

새벽 1시에 염주 체육관 주차장에 모였다. 다수가 이동하기 때문에 숙박보다는 당일로 다녀오기로 했다. 이동하는 버스 안에서 떠오르는 아침 햇살에 잠이 깼다. 여기까지 걸어온 길을 되돌아보는 사이 대회장에 도착했다. 시작 전부터 분위기가 살아 있다. 풀코스 주자들만 있어서 그런지 프로들의 진지함도 느껴졌다. 우리나라에 마라토너들이 이렇게 많은지 처음 알았다. 엄청난 인파에 깜짝 놀랐다. 이래서 풀코스는 큰 대회에서 뛰어야 한다고 했나 보다.

주자들이 너무 많아 한꺼번에 출발할 수조차 없다. 2천 명씩 그룹으로 나누고, 그룹별로 시차를 두고 출발했다. 배번을 보니 G그룹이었다. 과연, 긴 레이스의 끝은 어떨까? 그동안 노력했던 과정이 끝을 향해 달려가는구나. 한 번도 뛰어 보지 못한 42.195km에 대한 호기심 반 걱정 반으로 출발했다. 처음에는 많은 인파에 뛸 수가 없었다. 끼어서 앞으로 밀려가는 느낌이었다. 금세 5km 지점이었다. 공간이 조금씩 생기기 시작했다. 그렇다고 평소처럼 뛰기에는 인파에 자주 막혔다. 10km쯤 벗어나니 각자 레이스가 시작되는 듯했다.

다리는 뛰고 있지만, 시선은 주변에 달리는 사람들에게 꽂혀 있었다. 나이가 꽤 있어 보이는 백발의 할아버지, 다른 사람의 도움을 받으면서 뛰고 있는 시각 장애인, 한쪽 팔을 앞뒤로 흔들며 부지런히 자신만의 레이스를 펼치는 사람, 풀코스 내내 휠체어를 밀고 뛰는 사람까지 다양했다. 특히, 휠체어 사연은 나중에 신문에서 읽었다. 거동이 불편해서 바깥 구경을 못 하는 엄마에게 아름다운 가을을 보여 주기 위해 아들이 의암호를 달렸다는 사연이었다.

30km 지점을 넘어갈 때까지 차마 힘들다고 말할 수 없었다. 우선 나는 젊지 않은가! 적어도 나는 멀쩡한 내 팔과 다리로 뛰고 있지 않은가! 이런

내가 힘들다고 불평하면 안 될 것 같았다. 감사한 마음으로 완주하기로 했다.

그동안 훈련하면서 흘린 땀방울 덕분인지, 초반에 마라톤 현장에서 받은 충격 때문인지 20km까지는 무난하게 왔다. 절반만 더 가면 끝난다는 다소 긍정적인 컨디션이었다. 늘 달릴 때마다 했던 것처럼 이번에도 타임머신을 탔다. 지금까지 내가 살아온 길을 한 해, 한 해 되돌아보았다. 1km를 1년으로 잡고 그때의 삶으로 돌아갔다. 10km를 달리면 나의 20대 전체를 다 돌아보는 셈이었다. 과거에 대한 집착이 아니었다. 그렇게 해서라도 지나간 시간을 미련 없이 흘려보내고, 감히 미래를 생각해 보고 싶었다. 현실의 고통을 잊기 위해 도전한 마라톤이었지만, 그 속에서 답을 찾고 싶었다.

37km 지점을 넘어가니 벽을 잡고 멈춰 있는 주자가 보였다. 다리에 쥐가 난 듯하다. 어떤 사람은 주저앉아 다리를 주무르고 있었다. 스트레칭을 하는 주자부터 핀 같은 것으로 종아리에 피를 내는 주자까지 다양했다. 통증이 얼마나 심할까! 그런데도 포기하지 않고 완주하려는 그들의 의지가 대단하게 느껴졌다. 좀 더 가니 길거리에 사람들이 꽤 많이 나와 있다. 결승점이 얼마 남지 않은 듯했다.

운동장 두 바퀴를 돌고 결승선을 밟았다. 그때의 감격스러움은 말로 표현할 수가 없다. 이건 42.195km를 뛰어 본 자만이 느낄 수 있는 희열이었다. 씻고 옷을 갈아입고 나오면서 경기장 쪽을 보니 아직도 진행 중이었다. 여전히 뛰고 있는 주자들을 보면서 존경심이 들었다. 그러면서 깨달은 게 한 가지 있다. 아마추어 마라토너들의 꿈이라는 서브스리를(세 시간 안에 완주하는 것) 달성한 사람보다 내가 더 대단하게 느껴졌다. 적어도 그들은 세 시간 만에 고통이 끝났지만, 나는 4시간 25분 동안 견뎠기 때문이다. 그리고 지금도 뛰고 있는 주자들이 나보다 위대하게 보였다.

내려오는 버스에서 바로 곯아떨어질 줄 알았는데, 오히려 정신이 말똥말똥했다. 42.195km를 뛰고 결승선을 밟는 순간 "다시 해 보자! 한 번만 더 해 보자." 이 말이 제일 먼저 나왔다. 삶을 포기하려고 했던 내가 이런 말을 하다니! 처음부터 다시 시작할 수 있을 것 같았다. 우유 배달, 신문 배달 등 뭐든 해서라도 다시 살아 보고 싶어졌다.

3. 서점은 보물 창고였다

어쩌다 서점에 가게 되었을까? 책과 거리가 먼 사람인데, 망가진 삶의 전환점을 서점에서 맞이할 줄 몰랐다. 평소 책과 안 친한 사람인데, 삶에 아무런 의욕이 없어 두문불출하던 나에게 서점이 아지트가 될 줄 전혀 생각하지 못했다.

처음에 서점 죽순이가 되려고 결심했을 때, 뭔가를 기대한 것은 아니었다. 변화를 바랐던 것도 아니었다. 아무 의욕 없이 숨만 쉬는 삶이었고, 인생에 마침표 찍기를 기도하며 지내던 시기였다. 엄청난 양의 책들을 읽다 보면 십수 년이 지날 것 같았다. 아니, 다 읽기 전에 삶이 끝날 것 같았다. 갑자기 삶이 단순해졌다. 꼬여 버린 인생의 해결책도 필요 없을 것 같았다. '제발 내일 아침에 눈 안 뜨게 해주세요'라고 잘 때마다 기도할 필요도 없을 것 같았다. 단순히 그 마음으로 시작했다.

서점을 만났던 시기가 시기인 만큼 한동안 자기 계발 코너에서 살았다. 맨 처음 집어 든 책도 삶이 망한 사람들 내용이었다. 저자의 역경 지수가 높을수록 관심이 더 갔다. 그런 책을 통해 희망을 얻고 싶었다. 이렇게 망하고, 넘어지고, 실패했어도 다시 일어난 저자의 메시지가 내 이야기이길 간절히 바랐다. 깜깜한 터널에 있지만, 먼 훗날 나도 그들처럼 현재의 실패를 웃으며 추억할 수 있을까! 그런 날이 오기는 할까? 서점 생활 초반에는 이런 생각만으로도 눈물이 맺혔다.

역경에 놓인 이야기를 듣는 것만으로도 큰 위안이 되었다. 나만 힘든 게 아니었구나, 다들 어려움을 이겨 내고 살아가는구나, 나보다 더 힘든 사람이 세상에 많구나, 이런 깨달음 때문인지 책을 읽는 동안에는 덜 외로웠다. 내 손에 책이 있다는 건 그들의 이야기가 해피 엔딩이지 않는가! 읽는 것만으로도 힘이 되었다. 실패가 아니라 역경을 경험하는 중일까? 다시 도전해 볼까? 얼어붙은 마음이 조금씩 흔들리기 시작했다. 자포자기로 서점에 왔던 나에게 이것만으로도 큰 변화였다.

서점 생활이 길어지면서 마음이 맑아졌다, 표정도 서서히 밝아졌다. 더는 서점을 도피처로 가지 않았다. 다시 시작할 발판을 만들기 위해 가게 되었다. 뭔가 방법을 찾기 위해 여러 코너를 돌면서 다양한 분야의 책을 읽어 댔다. 주제별로 읽기도 했지만, 작가별로 읽기도 했다. 김미경 강사의 책인 『꿈이 있는 아내는 늙지 않는다』를 읽은 후 김미경 강사가 쓴 초창기 책까지 모두 찾아서 읽었다.

연예인 관련 도서도 은근 도움이 되었다. 자기 계발 성향의 책들이 더 잘 읽혔다. 방송에서 보던 배우, 개그맨, 스포츠 선수의 인생 이야기는 더 친밀하게 다가왔다. 기본적으로 연예인 코너는 다른 독서들 사이에 쉼의 시간이었다. 기타 실용 도서도 서점 생활의 딱딱함을 덜어 주었다. 실내장식, 미용, 여행 등 다양한 주제의 책을 가볍게 접할 수 있었다.

쫄딱 망하는 데 일조했던 경제 분야는 매일 찾았다. 도대체 나에게 무슨 일이 일어났는지 제대로 알고 싶었다. 실수를 두 번 다시 반복하고 싶지 않았다. 경제 공부를 제대로 해 보기로 했다. 오래전에 봤던 기초 책부터 다시 읽기 시작했다. 새로 나온 기본서도 같이 챙겼는데 권수가 꽤 되었다. 그사이 부자가 이렇게나 많이 늘었나 싶었다. 재테크 코너에 있으면 세상에는 부자가 참 많다는 게 실감 난다. 자극을 받으니 경제 공부를 게을리할 수 없었다.

기본서 섭렵이 어느 정도 끝난 후 이제는 분야별로 공부를 해 보기로 했다. 크게는 주식과 부동산으로 분리했다. 주식은 처음 공부하듯 기초 도서부터 차근차근 읽었다. 진도가 더디기는 했지만, 내용 정리가 필요한 부분은 메모해 놓고 집에 가서 노트에 다시 정리하면서 복습했다. 기본 이론서와 주식에 관한 심리 책을 병행하면서 읽었다. 그런 책들이 의외로 많았다. 지금 생각해 보면 심리학 분야도 함께 읽었어야 했다. 투자자로 살아갈수록 심리학의 중요성이 더 크게 와닿았기 때문이다.

부동산은 분야를 가리지 않고 읽었다. 아파트 관련 투자가 제일 많기는 했다. 그 책들은 기본적으로 읽고, 경매 분야를 좀 더 집중적으로 살펴봤다. 20대 후반에 생각지도 못하게 경매를 당하고 전 과정을 혼자 힘겹게 해결했던 적이 있어 관심이 먼저 갔다. 경매를 극찬해 놓은 경험담을 들으니 경매가 매력적으로 느껴지기도 했다. 책만 보면 누구나 경매로 부자가 될 것 같았다.

일과 관련된 분야도 당연히 단골 코너였다. 늘 관심 레이더를 켜 놓고 지냈다. 학부모, 교사, 학생 등 교육의 여러 주체가 쓴 책을 두루 읽었다. 교육에 대한 각자의 관점과 생각을 간접 경험하고 배울 수 있어 좋았다. 배우는 것에 그치지 않고 내가 하는 수업에 적용할 것은 없는지, 어떻게 각색하면 좋을지 고민도 많이 했다. 이런 시간이 쌓인 덕분에 조금씩 성장할 수 있었다.

하루는 방황하는 후배가 찾아왔다. 일이 잘 안 풀려 고민이라며 조언을 구했다. 한 치의 망설임도 없이 서점을 추천했다. 방황하더라도 서점 가서 하라고 했다. 대인 기피증에 집에서 두문불출할 때 장소를 집에서 서점으로 바꾼 이야기를 해 줬다. 그 덕에 다시 재기할 수 있는 발판을 만들 수 있었고, 오늘의 내가 있는 거라며 자신 있게 권했다.

4. 상처를 마주하기로 했다

휴대전화에 온통 신경이 가 있다. 평소와 다른 모습에 같이 산책 중이던 남편이 무슨 일 있냐고 물었다. 점심때쯤 진이 언니에게 연락했는데, 저녁까지도 답이 없어 신경 쓰인다고 했다. 남편은 어이없어하며 말했다. '바쁜 일 있나 보지!' 그런 차원이 아니라며 자초지종을 설명했다. 그래도 남편은 이해할 수 없어 했다. 평소에 바로 답을 하는 사람도 상황에 따라 변수라는 게 생길 수 있지 않겠냐며 기다려 보라고 했다. 다음 날 언니에게 연락이 왔다. 사정을 들으니 아무 상황이 아니었다. 남편이 말한 대로였다.

지금은 안 그러는데, 예전에는 심했다. 문자나 카톡을 확인하고도 답이 없을 때, 평소와 다른 태도를 보였을 때면 나는 걱정과 불안에 지배되었다. 오랜 시간 눈치 보는 아이로 자란 터라 커서도 여전했다. 할 말 있어도 하면 안 되고, 부당해도 참아야 했다. 그래서 성인이 돼서도 기가 죽어 있었다. 누군가 부당하게 화를 내도 상처받은 나는 안중에 없었다.

화난 상대방의 기분만 챙기며 안절부절못했다.

매사 걱정이 많았다. 지금은 많이 좋아졌지만, 과거에는 진짜 심각했다. 작은 일도 크게 신경 쓰며 불안을 끼고 살았다. 감정을 드러내면 혼날 일이 더 많았기에 감추고 살았다. 그러다 보니 속으로 늘 불안하고 초조했다. 아닌 척 노력해서 평소에는 문제가 없지만, 어려운 일을 만나면 걱정이 메가톤급으로 커졌다. 직면한 문제 때문에 힘들기도 하지만, 스스로 만들어 낸 근심과 걱정이 나를 괴롭히기도 했다.

수업이 끝났다. 학생들을 보내고 나니 새벽 12시 40분이다. 긴장이 풀리면서 피로가 몰려왔다. 바로 눕고 싶었지만, 씻어야 했다. 잠든 아이의 얼굴이라도 한 번 보고 씻으려고 안방 문을 조심히 열었다. 작은 조명 불빛에 비친 아이 표정이 평화롭다. 잠든 아이는 천사라더니 딱 맞는 표현이다. 통통한 볼살이 사랑스럽다. 새근새근 자는 모습에 피곤함도 잊은 채 한참을 바라보고 있었다.

갑자기 아이 모습이 흐려졌다. 눈이 피곤한가 깜박이는데, 눈물 한 방울이 볼을 타고 흘러내렸다. 다시 눈을 떴을 때는 아이 얼굴이 모자이크 처리된 듯했다. 사랑스러운 아이를 보며 갑자기 우는 모습이 스스로 너무 당황스러웠다. 우는 이유를 찾기도 전에 가슴이 먼저 반응했다. 시리다는 말을 이럴 때 쓰는 걸까? 마음이 너무 시리고 아팠다. 가슴을 부여잡고 대성통곡을 했다. 의지와 상관없이 쏟아져 나오는 울음에 당혹스러웠다. 순식간에 벌어진 일이었다.

얼마나 울었을까? 거실에 멍하니 앉아 있는데, 진이 다 빠졌다. 갑자기 이게 뭔 날벼락인가 싶었다. '무슨 일이지? 갑자기 왜 대성통곡한 거지?' 그러고 보니 그렇게 목 놓아 울어 본 적이 난생처음이었다. 당황스러우면서도 한편으로 시원하기도 했다. 운 이유를 어렴풋이 알 것 같았다. 이유를 되짚어 보는데, 또 눈물이 고였다. 한 살의 어린 은정이는 현재의 내 아이가 너무 부러웠던 것이다.

천사같이 잠든 아이의 모습에서 한 살의 나를 보았다. 엄마가 한 번도 안아 준 적 없고, 단 한 번도 사랑한다는 말을 들어 본 적이 없고, 엄마가 차려 준 밥을 먹어 본 기억조차 없는 어린 내가 너무 가여웠다. 구박받고 고생만 하면서 큰 내가 너무 짠했다. 적어도 내 아이는 엄마인 내가 수시로 안아 주고 스킨십하며 사랑한다는 말을 수없이도 해 주는데 말이다. 또한, 엄마도 불쌍했다. 아이를 낳아서 기르는 행복이 큰데, 그 기쁨을 한 번도 제대로 누려 보지 못한 엄마의 삶이 안타까웠다.

울음이 멈췄지만 잠을 잘 수가 없었다. 생각이 많아졌기 때문이다. 왜 갑자기 이런 상황이 연출된 거지? 스무 살이 되면서 악몽 같았던 과거를 깊은 곳에 파묻어 버렸는데, 기억 속에서 지우려고 애썼는데, 왜 이제 와 뜬금없이 돌출된 거지?

육아서에서 내적 불행이라는 단어를 본 적이 있다. 사람은 누구나 내적 불행이 있는데. 그걸 치유하기 좋은 시기가 육아할 때라고 했던 내용이 생각났다. 진짜 그랬다. 상처는 감춘다고 저절로 낫는 게 아니었다. 15년 만에 상처가 수면으로 드러날 줄 누가 알았겠는가! 그날 이후 진통의 시간을 몇 번 더 겪었다. 상처 위에 소금이 뿌려지는 듯 아팠지만, 예전처럼 피하지 않게 되었다. 몸서리치며 기억조차 하기 싫었는데, 치유를 위해서 상처를 마주할 용기를 냈다.

자존감과 관련해서 육아서를 읽을 때였다. 새로운 사실에 시선이 멈췄다. 아이 자존감을 위해서 엄마의 자존감이 중요하다는 사실이었다. 엄마의 자존감? 내 자존감에 대해서 한 번도 생각해 보지 못했기 때문에 당혹스러웠다. 나에게 자존감이 있기는 하나? 자존감이 바닥을 뚫고 지하에 있을 것 같았다. 변화가 절실히 필요했다. 이때를 계기로 엄마인 나의 자존감 회복에 관심을 두기 시작했다.

나를 사랑하는 연습, 닭살 돋고 낯설었다. 아이에게 그렇게 잘하는 스킨십과 애정 표현인데, 나에게는 사랑한다는 말 한마디도 어려워했다. 한 번도 안 해 본 일이니 당연한 건지도 모른다. 어색함을 이겨 내며 나를 사랑하기 위해 노력했다. 나를 격려하고 응원하며 지지해 주는 연습을 꾸준히 했다. 있는 그대로 인정하는 연습을 했다. 마음이 훨씬 편해졌다. 노력하는 시간이 쌓이니 포용력도 넓어졌다. 아픈 기억이지만 더는 과거의 아픔을 지우지 않기로 했다. 그 또한 내 삶의 일부임을 인정하기로 했다.

눈물 없이는 과거 이야기를 할 수 없었는데, 이제는 덤덤하게 말할 수 있게 되었다. 긴 시간 치유의 과정을 거치면서 차츰 상처에 무뎌져 갔다. 상처에서 벗어나기 위해서는 마주하는 용기가 우선 필요하다. 처음에는 고통스럽겠지만, 그것이 치유의 시작이기 때문이다. 더 나은 삶을 위해 꼭 거쳐야 할 과정이다.

5. 일독 일행이 기회였다

출장 갈 때 짐을 줄이려고 애쓰면서도 책은 꼭 챙긴다. 일상에서도 활동 반경 내에 항상 책이 있다. 거실 테이블에는 택배로 도착한 신간들이 주로 놓여 있다. 안방 화장대에는 침대에서 읽고 싶은 책이 있다. 사무실 책상 위에는 서평을 쓰거나, 독서 토론을 준비하는 책들이 대부분이다. 외부 활동 중 빈 시간에 읽을 책 한 권도 차에 놔둔다. 가끔 가족을 위해서 누구나 읽을 수 있는 책을 준비해 놓기도 한다. 과거에는 전혀 상상할 수 없는 모습이다.

지금은 책과 함께하는 일상을 살고 있지만, 이렇게 된 지 그리 오래되지 않았다. 독서와 거리가 먼 어린 시절을 보냈다. 앞에서도 언급했지만, 감당하기 버거운 삶을 살아야 했기에 독서는 사치였다. 숙제 때문에, 시험 때문에 읽기는 했으나 책이 좋아서 읽어 본 기억은 거의 없다. 고등학교 시절 용기 주는 책 몇 권을 읽은 것이 전부였다. 그나마 재미있게 읽은 책은 추리소설 정도였다.

20대에도 책이 좋아서 읽어 본 기억이 별로 없다. 성공한 사람들이 좋은 습관으로 독서와 운동을 추천해서 자기 계발 차원에서 챙기려고 노력했을 뿐이다. 베스트셀러 위주로 읽고, 화제가 된 책에 관심 두는 정도였다. 관심 가는 인물이 있으면 그가 쓴 책을 찾아서 읽는 정성 정도였다. 이것도 책이 좋아서라기보다는 그 사람에 대한 호기심으로 읽었다.

살면서 처음으로 책을 많이 읽었던 시기는 쫄딱 망하고 3년간 서점 생활할 때였다. 서점을 돌면서 다양한 분야의 책을 눈길 닿는 대로 집었다. 워낙 다양하고 방대한 책이 있다 보니 진득하게 읽는 책보다 스치듯이 읽은 책이 훨씬 많았다. 앞부분만 읽은 책도 있고, 목차 보고 필요한 부분만 골라 읽고 내려놓은 책도 많았다.

두 번째로 많이 읽었던 때는 아이가 초등학교에 입학한 시기다. 학교에 데려다주고 도서관이나 인근 아지트로 출근했다. 독서 시간으로 매일 세 시간 이상을 확보했다. 이때는 관심 분야 혹은 필요한 책들 위주로 읽었다. 호기심이 많은 사람이다 보니 관심 분야가 넓다. 건강에 관심이 많다 보니 운동, 수면, 뇌, 식단, 요리 등 다양하게 읽었다. 재테크도 마찬가지다. 하는 일의 메인이기도 했으니 주제에 따라, 작가에 따라, 시장 상황에 따라 폭넓게 읽었다. 평생 업이라고 생각하는 교육 또한 빠뜨리지 않고 챙겼다. 독서를 제대로 해 보고 싶었기에 독서 관련 책, 글쓰기에 관련된 책 또한 부지런히 읽었다. 평소 관심 가지고 있는 작가들 신간은 나오면 바로 읽곤 했다.

독서를 하면서 잘한 일 중 하나가 일독 일행이었다. 무엇이 되었든 책에서 하나라도 배워 삶에 적용하려고 했다. 첫 시도는 『독서 천재가 된 홍대리』를 읽고 본격적으로 독서를 시작하는 일이었다. 그때 실천한 것이 100일에 서른세 권 읽기였다. 읽기만으로 그치지 않고 독서 노트를 만들어 기록을 남겼다. 중간에 멈추지 않고 끝까지 완주하기 위해 SNS에 공표하고 과정을 공유했다. 이렇게 실천하니 확실히 그전 독서와는 다른 느낌을 받았다.

감사와 관련된 책을 읽고 노트부터 준비했다. 빈 노트에 감사 일기를 채워 나갔다. 한두 달 쓰다 보면 동력이 떨어질 때도 있다. 그때 다시 감사 일기 관련 새로운 책을 펼치면 된다. 그 노력으로 감사 일기를 이어갔다. 감사 일기를 지속하면서 깨달은 게 한 가지 있다. 감사는 또 다른 감사를 부른다는 사실이었다. 세 개 쓰기에서 시작한 감사 일기가 어느덧 다섯 개로 늘었다. 물론 처음에는 세 개 채우는 것도 일이었다. 계속 쓰니 할 만해졌다. 몇 달 후에는 일곱 개를 썼는데 어느덧 아홉 개까지 쓰고 있었다. 지금은 절대 감사, 무한 감사로 감사 일기를 졸업했지만, 책에서 얻는 좋은 결실 중 하나다. 그래서 주변에 적극적으로 권장하고 있다.

폭풍 독서할 때 독서와 글쓰기에 관한 책을 많이 섭렵했다. 유시민 작가와 강원국 작가의 책을 읽으면서 글쓰기에 마음이 많이 열렸다. 오랜 시간 꾸준히 쓰고 싶다는 동기부여를 받았다. 그 후로 도서관에 갈 때마다 글쓰기에 관한 신간이 있으면 대출 바구니에 담았다. 글쓰기에 관한 관심과 실천 덕분에 책까지 쓰게 되었다. 이것이 시발점이 되어서 글을 계속 쓰고 있다. 덕분에 출간이라는 결실을 계속 이어 가고 있다.

일독 일행을 넘어 작가와의 만남까지 도전하기도 했다. 대부분 『생각의 비밀』을 읽고 백 번 쓰기를 실천한다. 나도 써 보기는 했는데, 책을 읽었을 당시에는 쓸 것이 없어 한참 후에 도전했었다. 백 번 쓰기는 목표의 간절함을 테스트하기에 좋은 도구라는 것을 쓰면서 깨달았다.

그 후 『알면서 알지 못한 것들』을 감탄하면서 읽었다. 『생각의 비밀』을 다시 펼쳤다. 읽는 마음 상태가 바뀌니 재독임에도 얻는 게 달랐다. 재독하는 동안 새로운 꿈에 심장이 두근거렸다. 작가를 만나고 싶어졌다. 책을 읽은 후 다시 꿈틀거리는 꿈과 비전에 전하고 싶었다.

2017년 11월 강연을 통해 저자와의 만남이 이뤄졌다. 비록 꿈을 말하지는 못했지만, 그 만남이 새로운 세상을 경험하는 계기가 되었다. 그날 이후 생각지도 못한 만남이 이어지면서 사고의 틀이 많이 깨졌다. 이때를 계기로 감사한 경험이 계속 이어졌다. 덕분에 더 나은 삶을 살고 실천할 수 있는 환경을 만들 수 있었다.

책을 읽고 배운 것을 실천하려는 노력, 저자와의 만남을 통해 깨달은 것을 실천하는 노력이 발전할 기회를 만들어 줬다. 독자 여러분도 어떤 책을 읽든 부디, 읽는 것으로만 끝내지 않길 바란다. 하나라도 실천하고 내 것으로 만들어 보자.

6. 도전은 황금 열쇠였다

2017년, 듣고 싶은 글쓰기 수업이 있었다. 교통편이 원활한 대도시 위주로 찾아보았다. 서울, 대구, 부산에서 진행되는 것 같았다. 문제는 강의 시간이 주말이란 점이었다. 사정상 주말에는 움직일 수 없는 상황이라 난감했다. 평일 수업도 있지 않을까 하고 좀 더 검색해 보았다. 다행히 모집 글을 찾았다. 반가움에 미소를 지으며 모집 글을 자세히 읽어 보았다. 창원에서 화요일 저녁 7시에 진행 예정이었다.

창원이라는 도시는 처음이다. 교통편을 먼저 알아봤다. 7시 수업을 들으려면 강의장까지 찾아가는 시간이 있으니 6시에는 창원에 도착해야 할 것 같았다. 그에 맞춰 출발 시간 체크하고 다시 집에 오는 차 시간을 알아봤다. 강의가 10시에 끝나는데 막차가 10시다. 아이 때문에 집에 반드시 와야 해서 1박을 할 수도 없다. 아…… 이때의 절망감이란!

모든 게 원점으로 돌아갔다. 시계를 보니 새벽 1시 30분이 넘었다. '나

지금까지 뭐 했지?' 허탈했다. 잠잘 시간이 훌쩍 지났지만, 상실감에 쉽게 잠들 것 같지도 않았다. 그 마음으로 이은대 작가님한테 메일을 보냈다. 허탈한 마음을 전하고 싶었다. 강의를 듣기 위해 최선을 다한 노력을 말하고 싶었다. 그래야 조금이나마 위안이 될 것 같았다.

다음 날 가족여행을 떠났다. 목적지에 거의 도달했을 때쯤 아무 생각 없이 뉴스나 볼까 하고 네이버를 켰다. 새 메일 알람이 떠 있다. 클릭하고 몇 초 안 돼서 나도 모르게 소리를 질렀다. 작가님한테 답장이 와 있었는데, 메일을 받기 하루 전에 내가 사는 곳에 강의가 열렸다는 것이다. 끌어당김의 법칙을 말씀하시는데, 소름이 끼쳤다. 문제 해결이 막혔을 때 그대로 포기하지 않고 한 번 더 행동한 결과다.

김승호 회장님과 개인 미팅이 가능할 수도 있다는 사실을 우연히 알게 되었다. 처음엔 나랑 상관없는 일이라고 생각하고 흘려들었다. 그런데 집에 돌아와 생각해 보니 안 될 이유도 없는 것 같았다. 진짜 가능할까 반신반의하면서 카톡을 보냈다. 한참 후에 확인하셨다. 그것만으로도 신기했다. 떨리는 마음으로 계속 기다렸지만, 답이 없으셨다. 이대로 물 건너가나 싶었다. 시도해 본 것만으로 만족하고 넘어가기로 했다.

저녁에 아이를 태우고 집에 들어가는 길에 카카오톡이 울렸다. 집에 도착해서 확인했다. 다음 날 오전 10시 롯데타워 79층 로비에서 보자고 하셨다. 요리하던 주방에서 얼음이 돼서 한참을 서 있었다. 막상 원하던 문자를 받았지만, 꿈인가 생시인가 싶었다. '만나고 싶은 CEO들이 얼마나 많은데, 가능하겠어? 나까지 기회가 오겠어?'라는 물음을 뒤로하고 용기를 내서 시도한 나를 마구 칭찬하고 싶었다. 미팅 확정 후 일정상 개인 미팅이 더는 어렵다는 공지가 떴다. 내가 또 막차를 탄 것이었다. 마지막 기회를 잘 잡은 행운아 같았다. 덕분에 난생처음 잠실 롯데타워에 가 보았다.

기나긴 고통의 터널을 지나 살 만해지니 세상이 보이기 시작했다. 세상 어딘가에는 과거 나처럼 고통에 허덕이며 삶을 끝내고 싶은 이들이 많을 텐데……. 그들에게 포기하지 말라고 용기와 희망을 주고 싶었다. 그 마음으로 『부자는 내가 정한다』라는 책을 썼다. 그런데 예상과는 달리 책 서평이 대부분 반성문이었다. 이러려고 책을 쓴 게 아니었기 때문에 진지하게 고민했다. 실제로 얼마나 심각했었는지, 어떤 역경을 헤쳐 왔는지 보여 주고 말해 줄 필요가 있어 보였다. 결국, 큰 용기를 내서 세상 밖으로 나갔다.

소심한 A형인 데다, 자라난 환경 때문에 말을 잘하지 못했다. 발표 한 번 제대로 못 했던 사람이다. 낯선 사람을 불편해하는 내가 생판 모르는 사람들 앞에서 강의한다는 것은 있을 수 없는 일이었다. 이 벽을 깨 보기로 했다. 병아리가 세상 밖으로 나가기 위해 달걀 벽을 부수는 것처럼 말이다. 누군가 내 어린 시절을 아는 척만 해도 경직되었고, 상처와 아픔을 이야기할 때 눈물 없이는 말할 수 없던 나였다. 그런 나를 있는 그대로 오픈하기로 했다. 천지가 개벽할 만큼 큰 용기가 필요했다.

확실히 책과 강의는 달랐다. 강의하는 나는 덤덤했다. 대신 듣는 사람들이 눈물을 흘렸다. 고난과 역경의 시간을 이겨 내고 희망의 증거가 되어 주어서 감사하다는 인사가 나에게는 최고의 보람이었다. 힘든 사람들에게 용기와 희망을 주기 위해 도전한 결과다. 이 도전 덕분에 강연가로 살아갈 수 있게 되었다.

한 번 물꼬를 트고 나니 도전이 계속 요구되었다. 20명 강의가 70명 강의로 이어졌다. 큰 산을 넘듯 나를 깨부수며 나아갔다. 70명이라는 산을 오르고 나니 다음은 100명이었다. 성장을 계속 훈련받는 듯했다. 피할 수 없으면 즐기자는 마음으로 다독이며 앞으로 나아갔다. 사람들에게 할 수 있다는 용기를 심어 주고, 잠들어 있는 가슴에 도전이라는 불을 지폈다. 이쯤이면 내가 전하고자 하는 메시지는 다 전달되었다고 생각했다.

그다음 해 3월, 무명인인 나에게 매일 경제에서 연락이 왔다. 메일을 읽는데, 마우스를 쥐고 있는 손이 심하게 떨렸다. 500명 앞에서 강의해 달라는 요청이었다. 심장이 떨려서 앉아 있을 수가 없었다. '말도 안 돼! 미쳤어!' 중얼거렸다. 쿵쾅거리는 마음을 진정시키려 카페 밖으로 나와 걸었다. 마음 한편에서 다른 소리가 들렸다.

'근데, 피하지는 말자. 미친 도전 같지만, 그래도 그 산을 넘고 나면 또 성장해 있지 않을까?'

그렇게 나는 매일 경제 강의를 수락했다. 생각보다 많은 사람이 신청해서 결국, 2,000명 앞에서 강의하게 되었다. 이것을 끝으로 더는 강의를 피하지 않게 되었다. 발표에 대한 두려움을 내려놓을 수 있었다.

성장에는 진통이 따른다. 진통이 두렵고 무서워서 피하면 아무것도 할 수 없다. 변화와 성장을 원한다면 도전을 피하지 말자. 움직여야 다음이 있다. 첫발을 떼야 그다음 발을 내디딜 수 있다는 것을 기억했으면 좋겠다.

7. 읽고 쓰는 삶을 선택했다

생존 독서를 통해 끝난 인생의 불씨를 살렸다. 그뿐만 아니라 성장 씨앗도 뿌렸다. 폭풍 독서를 통해 마흔이 넘어서야 책과 제대로 친해지기 시작했다. 도서관 쇼핑을 즐겼다. 도서관 순례는 꼭 챙겨야 하는 주말 행사였다. 책을 읽다 작가가 되었고, 평생 독서 세계로 입문했다. 이때를 계기로 독서는 일상이 되었다. 책은 밥과 같은 존재가 되었다. 하루 이틀만 굶어도 정신적 허기를 느끼기 때문이다.

평생 독서를 하던 어느 봄날, 아이를 학교에 내려 주고 아지트 카페로 갔다. 한적한 카페에서 책을 읽다 문득 삶의 마지막이 그려졌다. 거실의 통 큰 창을 통해 들어오는 햇살, 무릎 담요를 덮고 흔들의자에 앉아 책장을 넘기는 모습이었다. 잠시, 책을 무릎에 내려놓고 눈을 감은 채 햇살을 느끼고 있었다. 이번 생의 마지막 모습이다.

독서를 통해 생각이 달라졌다. 생각에 변화가 찾아오니 삶이 나아졌다. 물질적인 것과 거리가 먼 독서이지만, 인생이 풍요로워졌다. 책과 함께하는 사람이 많아지길 바라는 마음으로 독서 모임을 꾸렸다. 읽는 것으로만 머물지 말고, 생각을 나누는 활동을 통해 사고 확장도 이뤄지도록 돕고 있다. 단순히 눈으로만 읽는 독서는 반쪽짜리 독서라고 생각하기 때문이다. 독서하고도 삶에 변화가 전혀 없다면 시간 낭비하고 있는 건 아닌지 점검해 볼 필요가 있다.

독서 모임의 장점 중 하나가 독서 편식을 막아 주고, 새로운 분야의 도전을 수월하게 해 준다는 점이다. 혼자는 어렵지만, 함께 읽으니 어려운 책도 완독할 수 있다. 평소 잘 모르는 분야의 책도 독서 모임을 통해 접해 보면서 시야를 넓힐 수 있다. 다양한 세계를 간접 체험하고 생각하는 시간을 통해 사고가 말랑말랑해진다.

엄마들에게 책 읽는 습관과 문화를 만들어 주기 위해 개설한 독서 모임이었다. 이끌어 가는 동안 나도 여러 면에서 성장하는 시간이었다. 그중 하나가 독서량이 폭발적으로 늘었다는 점이다. 처음에는 경제 인문학 독서 모임을 위해 한 달에 최소 두 권의 책을 소화했다. 개인적으로 읽고 싶은 책까지 고려하면 이 정도가 무난했다. 너무 약한 거 아니냐 할 수도 있겠지만, 나는 독서 불치병이 있고, 거북이 독서를 하는 사람이다. 느려도 너무 느리다. 오죽하면 『거북이 독서 혁명』이라는 책을 세상에 내놓았겠는가!

2021년 1월부터 한국 사장 학교 온라인 독서 모임 운영을 맡고 있다. 두 권이 더 추가되었다. CEO를 대상으로 하는 독서 모임이다 보니 인문, 철학, 경제, 경영, 마케팅 분야의 책이 메인이 되었다. 1년 후부터 추가로 작가 독서 모임까지 참여하게 되었다. 여기까지만 해도 여섯 권이다. 또 1년 후에는 아이 관련 독서 모임까지 참여하다 보니 기본 여덟 권의 목록과 한 달을 시작하고 있다. 여기에 개인적으로 읽고 싶은 책이나, 급하게 봐야 할 책이 생기면 더 많아진다. 독서 인생을 사는 듯하다. 책이 나고 내가 책이 된 것 같다고나 할까! 그 덕에 독서를 통해 성장하는 인생을 살고 있다.

책에 둘러싸여 살아가는 일상이 신기하기만 하다. 가끔은 내 모습이 안 믿길 때도 있다. 매일 작정하고 독서 시간을 확보하고 틈날 때마다 책을 펼치는 모습이 진짜 내가 맞나 싶다. 30분 이상 책 읽는 것도 힘들고, 굼벵이처럼 읽어서 책 한 권 소화하는 게 쉽지 않았는데, 이렇게 변했다. 아니, 발전했다는 말이 맞을 것 같다. 눈에 보이지 않을 정도로 조금씩, 조금씩 말이다. 매일 읽었다. 그러면서 가랑비에 옷 젖듯 조금씩 늘려 갔다. 두 권에서 네 권으로, 네 권에서 여섯 권으로, 도전이 부담스러웠지만 피하지 않고 기꺼이 성장통을 선택한 결과다.

명품 신상 백에는 관심이 없는데, 좋아하는 작가들 신간에는 관심이 가고 눈이 커진다. 얼른 읽어 보고 싶어 가슴이 두근거리기도 한다. 책벌레들만큼은 아니지만, 이제 나도 책 읽는 시간이 좋다. 책을 읽다 혼자 울컥할 때가 있다. 때론 박장대소하고 웃을 때가 있다. 다음 책장을 넘기지 못하고 근사한 문구를 다이어리에 옮겨 적을 때가 있다. 잠시 독서를 멈추고 좀 전에 읽은 내용에 취해서 여운을 즐길 때가 있다. 이러니 독서를 주변에 권하지 않을 수가 없다.

마흔 살에 나에게 은퇴를 선물한 이후 삶을 되돌아보았다. 풍성함을 넘어 풍요로워졌다고 해야 할까? 아니, 충만이라는 단어가 더 어울릴 것 같다. 결코 돈으로 살 수 없는 만족감이다. 원동력이 뭘까 곰곰이 생각해 보니 그건 바로 읽고 쓰는 삶이었다. 단순히 책 읽는 것만으로 이렇게 삶이 달라지지는 않았을 거라고 확신한다. 어떻게 보면 현재 독서도 쓰는 삶 덕분에 확장될 수 있었다.

삶을 돌아보면 다양한 글쓰기와 함께했다. 쓰기를 빼고는 삶에 관한 이야기가 안 되었다. 감사 일기, 육아 일기, 교단 일기 등 걸어온 발자취를 글에 담아 냈다. 33년이라는 고난의 시간 동안 유일한 버팀목은 일기였다. 그런 일기를 마흔 중반에 다시 쓰기 시작했다. 오늘을 살기 위해서였고, 삶을 기록하기 위해서였다. 흘러가는 대로 살지 않고 생각하며 살기 위해서였다.

글쓰기를 통해 인생이 다듬어졌다. 쓰는 일은 타인과 나를 위하는 일임을 쓰면서 깨달았다. 내 삶을 글에 담아 누군가를 돕는다는 마음으로 글을 쓴다. 돕는다는 마음 덕분인지 글 쓰는 일이 즐거워지고 있다. 글쓰기의 좋은 점 중 하나가 세상을 향한 시선을, 타인에게 향한 시선을 나에게로 가져올 수 있다는 점이다. 쓰는 시간이 나를 더 성찰하게 만든다.

감사한 마음으로 만족하며 살고 있다. 지금처럼 잘 살고 싶어서 잘 쓰고 싶어졌다.

8. 결국, 행복은 선택이었다

한 번 더 살아 보기로 했다. 멈추고자 했던 삶에 심폐소생을 하기 시작했다. 어떤 바람이나 욕심은 없었다. 다만 삶을 멈추지 않기로 마음을 바꿨을 뿐이다. 눈 앞에 펼쳐진 일들을 하나씩 수습하다 삶이 마무리된다 해도 상관없었다. 삶이 언제 끝날지는 모르겠지만, 적어도 스스로 삶을 끝내지는 않기로 했다. 처음부터 다시 시작한다는 마음으로 첫발을 떼였다. 그리고 묵묵히 걸어갔다.

10년쯤 지났을 때 삶이 달라져 있었다. 그전부터 야금야금 바뀌었겠지만, 이제야 체감하는 것일 수 있다. 처음에는 낯설었다. 내 삶이 맞나 의심의 눈초리부터 보냈다. 때리는 사람도, 욕하는 사람도, 죽으라고 하는 사람도 없다. 영혼까지 갈아 넣으며 일하지 않아도 되고 고개 숙이며 아쉬운 소리 하지 않아도 된다. 쓰리잡을 하지 않아도 먹고 사는 데 지장 없었다. 빚 갚느라 허덕이지 않아도 되고 돈 걱정 없이 마음 편히 살아도 되었다. 어떻게 이렇게 바뀔 수 있는지 신기하기만 했다.

시간이 몇 년 더 흘렀다. 내 인생에는 없을 것 같은 단어가 찾아왔다. 어색하고 낯설었던 단어, 행복이었다. 나에게는 어울리지 않는 단어라고 생각했는데, 언제부터인가 행복이라는 단어가 생소하지 않게 되었다. 숨쉬는 자체가 고통이라고 여겼던 삶이 살아 있는 자체가 축복이라고 여기게 된 시점부터 행복 지수가 달라지기 시작했다.

가끔 특별한 이유 없이 행복에 취할 때가 있다. 운전하다 신호에 멈춰 섰다. 뭉게구름이 풍성한 하늘에 감탄사가 절로 나왔다. 카메라 버튼을 눌렀다. 실내에서 일하다 나왔는데, 눈 부신 햇살에 미소가 지어졌다. 저녁 산책을 하는데 계절의 변화를 느끼게 하는 바람에 행복한 눈물이 글썽였다. 그때 걸으며 혼잣말로 중얼거렸다. '지금 행복하지 않은 자, 유죄!'

감히 내가 이런 말을 하다니, 내일 아침 눈 안 뜨게 해 달라고 기도하던 내가 말이다. 삶이 이렇게 달라질 수 있다니, 이런 게 기적이구나 싶었다. 지금 행복하지 않은 사람들을 도와주고 싶어졌다. 아니, 행복을 모르고 그냥 살아가는 사람들에게 행복이라는 감정을 느끼게 해 주고 싶어졌다.

가끔 이유 없이 기분이 가라앉을 때가 있다. 그때는 밖으로 나가 걷는다. 그리고 나에게 이유를 묻는다. 특별한 이유가 없을 때는 질문을 던져

본다. 몸이 아프니? 건강하잖아. 살 곳이 없니? 비가 오나 오나 쉴 수 있는 보금자리가 있잖아. 끼니를 걱정해야 하니? 적게 먹으려고 노력해야 하잖아. 외롭니? 사랑하는 가족과 지인들이 있잖아. 돈 걱정해야 하니? 경제 독립을 이뤘잖아. 도대체가 우울할 이유가 없었다. 이렇게 대화를 나누는 것만으로도 가라앉았던 기분이 한결 나아졌다. '호강에 배불렀구나!'라는 말이 절로 나오기도 한다. 고단했던 과거에 비하면 지금은 얼마나 축복받은 삶인데, 의기소침해 있는 것조차 사치로 느껴질 때가 있다.

행복이 또 다른 행복을 부르는 걸까? 행복이라는 단어가 익숙해지면서 행복하다는 표현을 자주 썼다. 어떤 날은 걸으면서 그냥 웃음이 나오기도 했다. 특별한 이벤트가 있는 것은 아니지만, 마음이 편하니 일상이 즐거웠다. 소소하게 좋은 일에도 행복한 미소를 지었다. 웃는 날이 많아지니 진심으로 행복한 삶을 살고 싶어졌다. 더는 행복을 타인의 것이라고만 여기지 않기로 했다. 나도 누릴 수 있음을 여러 번 경험했기 때문이다. 그래서 나는 행복한 삶을 선택하기로 했다.

행복하게 살려면 어떻게 해야지? 답을 찾기 위한 여정을 시작했다. 행복한 삶에 관심을 가지니 그에 관련된 것을 자주 접하게 되었다. 책 제목에 행복이라는 단어가 보이면 우선 책장을 넘겼다. 그 책 하나로 끝나지 않고 계속 파생시켜 가면서 읽었다. 자연스럽게 심리 관련 책에도 관심을 가지게 되었다. 행복에 관한 유튜브 영상도 보고 도움이 되는 강의가 있으면 챙겨서 들었다. 그러면서 행복을 위한 노력과 공부가 필요하다는 사실을 깨달았다.

행복한 삶은 저절로 얻어지는 것이 아니었다. 내가 정성스럽게 만들어 가야 하는 것이었다. 행복한 일상은 경쟁하고 노력해서 쟁취하는 것이 아니라 발견하는 것이었다. 그러기 위해서 행복을 알아볼 수 있는 눈과 느낄 수 있는 마음이 중요했다.

나를 바꾸기로 했다. 머리부터 발끝까지 부정이 내재된 나였기에 의식 정화가 필요했다. 평소 부정적인 사고방식을 바꾸려고 애썼다. 일상에서 일부러라도 긍정적인 생각을 하려고 노력했다. 가만히 있으면 부정의 기운이 스멀스멀 올라왔기 때문이다. 행복과 관련된 생각을 자주 했다. 행복한 생각이 또 다른 좋은 기운을 끌어당긴다고 믿기 때문이다.

내가 생각하는 행복한 삶이란 어떤 것이며, 내가 어떨 때 행복한지 수시로 물었다. 의식과 생각을 바꾸려고 애썼다. 『생각의 비밀』에 나온 '현재 나는 내 생각의 소산이다.'라는 문구를 다이어리에 적었다. 생각의 빈도를 높이고자 눈에 잘 띄는 장소마다 메모지를 붙였다. 생각의 중요성을 인식하려는 노력 중 하나였다.

이왕 태어난 거 나도 좀 행복해 보자고 외쳤다. 행복하기를 선택하고 그것에 집중해 보기로 했다. 시간이 쌓일수록 행복은 강도가 아니라 빈도라는 사실을 깨달았다. 미래의 큰 행복보다 현재의 작은 행복에 더 관심을 가지기 시작했다. 행복 지수를 높여 주는 작지만 알찬 이야기를 다음 장에서 구체적으로 나눠 보려고 한다.

4장

행복은 강도가 아니라 빈도

1. 일상을 여행처럼, 여행을 일상처럼

발리 여행을 예약했다. 같이 가기로 한 친구가 갑자기 사정이 생겨 못 간다고 했다. 어떡하지! 처음 가는 해외여행이라 혼자 갈 엄두가 안 났다. 하지만. 취소도 망설여졌다. 박사 1년 차 때라 이런저런 사정을 고려해서 어렵게 잡은 일정이었다. 무엇보다 기말고사 보느라 스트레스가 가득한 나에게 보상을 해 주고 싶었다.

여기가 천국인가 싶었다. 매일 새롭게 경험하는 모든 것이 발리에 와 있음을 실감 나게 했다. 안 왔으면 얼마나 후회했을까! 혼자 온 나를 처음에는 다들 신기하게 여겼지만, 여행 기간 내내 더 잘 챙겨 주었다. 발리에서는 물론이고 돌아오는 비행기 안에서도 다짐했다. 1년에 한 번 이상은 나에게 해외여행을 선물하자고 말이다. 앞으로는 부차적인 이유로 여행을 갈까 말까 고민하지 않기로 했다.

그래서일까! 재테크를 위한 종잣돈을 모을 때, 가정을 꾸리면서 경제 계획을 세울 때 두 가지만큼은 돈을 아끼지 않기로 했다. 그건 바로 배움과 여행이었다. 그렇다고 해서 흥청망청 쓰겠다는 의미는 아니다. 꼭 필요한 교육이고 의미 있는 여행인데, 돈 때문에 선택을 포기 혹은 미루지 않겠다는 의미였다.

아름다운 남해는 나에게 태교 여행지로 남아 있다. 남해 휴양림을 예약해서 1박 2일로 다녀왔다. 휴양림에서의 힐링, 독일 마을 투어, 인근 예쁜 카페 체험까지 미래에 태어날 아이와 함께했다. 아이가 카시트를 탈 수 있을 때부터 우리 가족은 부지런히 돌아다녔다. 특히, 자연은 아이에게 가장 좋은 놀이터라고 생각했기에 산으로, 바다로, 계곡으로 누비고 다녔다.

아이가 유치원생이 되었을 때는 가끔 장거리 여행도 추진했다. 목포에서 출발해서 여수, 김해, 창원, 부산, 동해안 코스를 계획했다. 아이가 어린 만큼 변수는 수시로 발생했다. 부산 과학관을 갔다가 볼거리가 너무 많아 동해안 코스를 다음으로 미루고 과학관 근처에서 1박을 했다. 패키지여행이 아닌 만큼 상황에 맞춰 여행을 즐겼다. 이런 변수가 자유여행의 묘미다.

유치원 졸업을 앞둔 겨울 새로운 가족 문화를 만들었다. 매년 새해를 해외에서 맞이하기로 했다. 그 첫 번째 여행지가 코타키나발루였다. 석양이 아름다운 곳으로 주목받던 나라였다. 아이가 태어난 이후 처음으로 함께 한 해외여행인 만큼 가족에게 뜻깊은 시간이었다. 한 해를 열심히 산 가족에게 주는 선물이었다. 동시에 새해를 활기차게 시작할 수 있도록 응원해 주고 싶어서 기획한 여행이었다. 만족도가 매우 높았다. 그 다음 해에는 싱가포르에서 새해를 맞이했다. 다음 해에는 세부로 떠났는데, 다녀온 후 얼마 안 돼서 무안 공항이 폐쇄되었다. 코로나가 종식될 때까지 가족 해외여행도 휴점 상태가 되었다.

2018년에는 난생처음 홀로 미국행 비행기를 탔다. 낯선 분들과 함께 가는 비즈니스 투어였다. 결정하기까지 수많은 고민을 했다. 20대 후반의 발리 여행이 생각났다. 그때처럼 다시 모험해 보기로 했다. 용기 내서 다녀온 여행치고 한 번도 후회한 적이 없었기 때문이다. 이번에도 선택은 옳았다. 김승호 회장님이 말한 "자유의지"를 실감하는 여행이었다. 라스베이거스, LA를 돌고 마지막에 휴스턴으로 넘어가 스노우폭스 본사와 회장님댁을 방문하는 일정이었다. 모든 여정이 훌륭했다. 함께한 사람들, 우리가 방문한 장소들, 6박 8일 동안 소통하고 나눈 이야기까지 우리의 비즈니스 투어를 풍성하게 해 주었다.

스노우폭스 본사 방문은 『생각의 비밀』에 나온 내용을 실제로 보고 생동감 넘치는 이야기를 듣는 시간이었다. 직원의 안내를 받으며 회사 곳곳을 돌아보았다. 회사의 발자취를 현장에서 책보다 더 자세하게 체감했다. 회사 방문에 이어서 마련된 회장님 댁에서의 만찬은 이번 여행의 대미를 장식해 주었다. 정원에서 바닷가재 파티를 즐기고 실내에서 즉문즉답 시간을 이어 갔다. 편하게 오가는 대화 속에서 귀한 메시지들이 담겨 있었다. 낯설다는 이유로 가지 않았다면 두고두고 후회했을 여행이었다.

그해 늦가을, 일본 북해도로 떠났다. 배움과 쉼을 겸비한 여행이었다. 관광 목적이 아니었기에 한 숙소에 머물며 온전한 쉼과 사색의 시간을 가졌다. 꽤 좋은 숙소로 간 덕분에 일본에 대한 새로운 발견이었다. 편안하고 안락한 숙소, 고요하고 고즈넉한 주변 환경, 깔끔한 음식까지 모든 것이 훌륭했다. 나중에 가족과 함께 한 번 더 오고 싶어졌다.

그 후로 단순히 놀러 가는 여행은 지양하게 되었다. 온전한 쉼과 뭔가를 배우고 경험하는 여행을 다니기로 했다. '라이프 온 더 웨이'가 나에게 그런 여행이었다. 코로나가 주춤했을 때 두 번째로 미국을 다녀왔다. 이번에도 관광이 아닌 배움이 목적이었다. 하루는 EBS에서 돈의 속성을 촬영하는 현장에 함께했다. 책 내용에 대한 방송용 저자 특강을 실시간으로 들었다. 그 후 이어진 2박 3일간의 교육 시간도 삶을 한 단계 업그레이드시켜 주었다. 자연스럽게 스며드는 배움이 이런 여행의 강점인 것 같다.

남편이 은퇴하고 나면 현재 사는 도시에는 6개월 정도 머무르려고 한다. 3개월은 다른 도시에서 한 달 살기를 해 보고, 나머지 3개월은 추운 겨울을 따뜻한 나라에서 보내고 싶다. 나중에 어떻게 변할지 모르지만, 현재 나의 바람이 그렇다. 이 생활을 몇 년 하고 나면 일상과 여행이 하나가 될 것 같다.

여행이라는 단어를 떠올리면 기분이 좋아진다. 여행을 가면 마음이 여유로워서 그런지 세상을 보는 시야도 관대해진다. 일상이 팍팍할 때면 여행 왔다고 생각해 본다. 화나는 일이 생겨도 '여행 중이니 어떻게 해결해 볼까!'의 관점으로 접근한다. 그럼 화도 덜 나고 해결도 부드럽다. 내가 일상을 여행처럼, 여행을 일상처럼 살려는 이유다. 여행 가서도 방방 뜨기보다는 그 지역, 그 도시의 삶을 경험한다는 마음으로 일상을 살아 보려고 한다.

여행을 거창하게 또는 복잡하게 생각하지 말자. 이미 우리는 모두 지구 여행 중이다. 여행자의 관점으로 일상을 살아가 보자. 삶의 무게가 훨씬 가벼워질 것이다.

2. 좋은 에너지가 충전되는 만남

당신은 외로운 사람인가, 고독한 사람인가! 책을 읽다 마주한 질문이다. 나는 외롭다는 단어가 익숙한 사람이었다. 10대는 지독한 외로움에 시달렸다. 20대에도 그 후유증으로 늘 공허했다. 마흔이 되기 전까지 크게 달라지지 않았다. 외로운 사람이라고 단정 지어도 전혀 이상하지 않았다. 하지만, 지금은 고독한 사람이라고 말할 수 있다. 주변의 불필요한 소음에서 벗어나 있는 시간이 편할 때가 많다. 일부러라도 고요를 선택하기도 한다. 침묵하는 게 좋을 때도 많다.

여전히 사람을 좋아한다. 과거에는 외로웠기 때문에 사람을 좋아했지만, 지금은 아니다. 좋은 사람을 통해 배우는 게 좋고, 그들의 에너지가 매력적이기 때문이다. 배울 점이 많은 사람과의 만남을 통해 에너지가 충전됨을 느꼈다. 불가능보다 가능성을 말하고, 어떤 상황이든 안되는 이유가 아닌, 되는 이유를 찾는 사람들이 꽤 매력적이었다. 그런 사람과의 만남을 통해 더 좋은 쪽으로 변해 가고 조금씩 성장해 가는 나를 발견했다.

처음으로 미국을 간 비즈니스 투어는 개인적으로 의미가 남달랐다. 결혼하고 육아하는 동안 처음으로 혼자 외국을 나가는 거였다. 육아 빼고는 선택에 걸리는 게 하나 없는 현실에 새삼 감사했다. 마흔에 은퇴를 선택하고, 삶을 단순하게 만들기 위해 했던 노력이 이런 기회를 만들어 준 것 같았다. 첫 책을 출간 후 활동하던 시기에 다녀왔던 터라 출간 선물 같은 여행이었다.

남편이 망설였다. 쉽게 갈 수 없는 여행인 것을 알기에 허락하고 싶지만, 본인 혼자서 8일 동안 독박 육아할 자신이 없어 선뜻 대답을 못 하는 것 같았다. 가족들 동의 없이는 안 되는 일이기에 순리에 맡기기로 했다. 만약을 대비해서 아이에게 미국 이야기를 꺼냈다. 아이도 처음으로 엄마랑 8일 동안 떨어져 있으려면 마음의 준비가 필요할 것 같았기 때문이다.

"엄마, 저는 엄마가 참 멋있는 것 같아요. 책을 쓰고 작가가 돼서 서울로 강의를 다니셨는데, 이제는 미국까지 출장 가시는 거잖아요."

생각지도 못한 아이의 대답에 감동했다. 사랑 가득한 눈빛으로 아이를 바라보는 나와 달리, 운전하고 있던 남편의 얼굴이 빨개졌다. 8세 아이의 말에 40대 남편은 민망했는지 바로 상황을 수습했다. 우린 잘할 수 있으니 엄마 미국 보내 주자고 아이에게 말하는 게 아닌가! 그렇게 나는 아들 덕분에 다녀올 수 있었다.

남편의 예상대로 미국 여행에서의 만남은 훌륭했다. 여행만큼 사람을 금세 친해지게 하는 게 또 있을까 싶다. 인천 공항에서만 잠시 서먹했을 뿐 장거리 비행을 하고 이동하는 동안 가까워졌다. 숙소에서 1박을 하고 함께 조식을 먹고 나니 아는 사람들끼리 여행 온 분위기가 되었다. 가까워지는 만큼 대화의 양도 깊이도 풍성해졌다. 하루 일정을 마치고 야외 단체석에서 사업 이야기, 삶 이야기를 나누는 게 새로운 일과로 정착되었다. 덕분에 LA에 사업하는 대표님이 들러서 대화의 시간을 가져 주기도 했다.

공식 일정 후 큰 방으로 몇 명은 다시 모였다. 늦은 밤까지 대화가 이어지면서 각자의 어려움과 고민을 나누었다. 자신의 경험을 나눠 주기도 하고, 비슷한 사례를 들려 주기도 했다. 때로는 한 사람의 고민을 같이 해 보고 조언을 건네기도 했다. 대화가 진지할 때는 토론하다 새벽을 맞이하기도 했다. 다들 생생했다. 우리가 40대가 맞나 스스로 의심이 들 정도였다. 20대로 다시 돌아간 느낌이었다. 낮에는 여행하고 밤에는 우리끼리 자체 세미나 하는 일정이 자연스러웠다. 우리의 이런 열정만으로도 여행 내내 가슴이 뛰었다.

주말 아침, 9시에 선릉에서 독서 모임이 있다. 이왕 서울에 올라간 김에 6시 달리기 모임도 참여하고 싶었다. 단톡에서 늘 함께하는데, 지방에 있다 보니 오프라인 참여를 거의 못 한 터였다. 가고자 하니 방법을 찾게 되었다. 자정 버스를 타면 가능할 것 같았다. 버스에서 1박 하는 마음으로 차를 탔다.

서울 터미널에 도착하니 3시가 조금 지나 있었다. 카페를 갈까 하다 걷기로 했다. 새벽에 한강을 언제 걸어 보겠냐 싶어 모험 정신을 발휘했다. 목적지인 여의도에 5시 30분쯤 도착했다. 생각보다 걸을 만했다. 한강 야경을 보고 일출을 생생하게 맞이하는 색다른 경험이었다.

한 번이 어렵다. 한 번 해 보고 나면 그 맛을 알기에 다음에는 저절로 하게 되어 있다. 또 주말에 서울 갈 일이 있어 6시 모임을 가려고 했다. 이번에는 7시 줌 강의가 걸렸다. 둘 다 포기하기 어려운 상황, 또 방법을 찾아봤다. 뜻이 있는 곳에 길이 있었다. 친한 대표님에게 차를 부탁하고 달리기 전에 차 키를 받아 놨다. 달리기하다 시간 맞춰서 나만 중간에 턴 했다. 차에서 인터넷을 연결하고 줌을 열었다. 전날 준비해 놓은 PPT

를 켜고 강의를 하는데, 등 뒤로 땀이 비 오듯 흘렀다. 강의 중간에 현 상황을 공유했다. 약간은 느슨하게 앉아 있던 참여자들의 자세가 달라지는 게 느껴졌다. 자극받았다는 게 참여자들의 눈빛에서 느껴졌다. 강의가 끝난 후 참여한 분이 깜짝 선물을 보냈다. 어떻게든 방법을 찾아 최선을 다하는 모습에 감동했다며 차를 빌려주신 분과 카페 데이트라도 하라는 메시지도 곁들였다.

에너지가 충만한 사람과 함께하면 덩달아 좋은 에너지가 충전된다. 지칠 줄 모르는 에너자이저가 된다. 충전되는 만남 후 몸은 방전되어 있을지라도 마음은 충만 그 자체다. 덕분에 성장하는 삶을 살아가는 일상이 신난다. 돈으로 가치를 매길 수 없는 귀한 만남은 행복 지수를 높이는 데 좋은 영향을 준다.

3. 맛에 추억을 담는다

먹는 일에 진심이다. 맛있는 음식을 좋아하는 사람과 함께 먹는 즐거움이 큰 편이다. 음식 사진을 찍는 이유는 SNS를 하기 때문이기도 하지만, 함께한 사람과의 추억을 담기 위해서다. 나중에 사진을 보면 그때의 느낌이 전해지기 때문에, 행복하게 찍는다. 같이 먹는 행복 때문에 혼밥을 좋아하지 않는다. 혼자 밥 먹어야 할 경우가 생기면 살을 뺄 기회라 생각하고 패스하거나 정 배가 고프면 카페에서 간단하게 샌드위치로 대신할 때가 많다.

집에 라면이 없다. 싫어해서가 아니다. 좋아해서 일부러 사 놓지 않는다. 집에 라면이 있으면 수시로 끓여 먹을 것 같다. 면이 생각날 때, 밥하기 귀찮을 때, 찬밥 남았을 때, 밤에 출출할 때, 라면 물부터 올리지 않을까 싶다. 식단 관리 의지가 약한 편이어서 라면이 없는 환경을 만든 것이다. 그렇다고 그 맛있는 음식을 아예 안 먹을 수는 없다. 라면이 가장 맛있었던 때를 생각해 보니 캠핑이었다. 그래서 우리 가족에게 라면은 캠핑 가서 먹는 음식으로 정해졌다. 자연에서 먹는 라면이 최고로 맛있다.

캠핑 덕분에 또 하나의 애정 음식이 생겼다. 캠핑용 화로에 장작을 넣고 불을 피웠다. 활활 타오르는 불을 보며 넋을 놓는다. 흔히들 불멍이라고 한다. 뇌를 쉬게 하는 시간이다. 특히, 바닷가에서 하는 불멍은 마음을 더 편안하게 해 준다. 타닥타닥 장작 타는 소리와 철썩철썩 파도 소리가 하모니를 이루는 덕분이다. 한동안 그렇게 멍하니 앉아 있었다. 그러다 올려다본 하늘에서는 별이 쏟아질 듯했다. 밤이 깊어지고 활활 타던 불길도 거의 잠잠해졌다. 벌건 숯덩이들만 남았다. 숯불 밑으로 은박지 옷을 입고 일렬로 대기 중인 고구마를 넣었다. 잠시 후 김이 모락모락 하는 군고구마가 내 손에 들려 있다. 고구마는 이렇게 먹을 때가 제일 맛있다. 같은 군고구마여도 불멍 후 먹는 군고구마가 최고다.

채소를 좋아하는 편이다. 평소에도 잘 챙기는 편인데, 식단 관리하면서 더 많이 먹었다. 건강 책에서 알게 된 생채식을 실천하면서 매일 식탁에 샐러드를 올렸다. 그러다 보니 장바구니에는 항상 과일과 채소가 가득했다. 샐러드가 일상이 되면서 밖에서도 신선한 메뉴를 가까이하게 되었다. 자연스럽게 브런치 가게를 즐겨 갔다. 다양한 소스 덕분에 더 맛있고, 전문가의 손길 덕분에 샐러드를 보는 눈이 즐거웠다. 물론 밖에서 먹는 샐러드는 소스와 기타 식품 때문에 집 샐러드보다는 덜 건강식일 수 있다. 그래서 자주는 아니고 가끔 이벤트처럼 이용한다.

일상에서 모험을 좋아하는 편인데, 음식점은 거의 모험을 안 한다. 메뉴별로 맛집을 지정해 놓고 가는 곳만 간다. 이때 새로운 맛집 발견은 소소한 행복을 주는 아이템 하나를 추가한 것과 같다. 맛집을 발견하면 가족들, 지인들을 데려간다. 그러다 보니 지인들 사이에서 맛집 소개녀로 알려져 있다. 식당 추천 전화를 종종 받곤 한다.

점심을 사 준 사서 덕분에 작은 식당 하나를 알게 되었다. 팥죽, 콩물국수, 단호박 맛집이었다. 간판도 없고, 마당 작은 공간에 임시 건물을 만들어 운영하고 있었다. 할머니 음식 솜씨가 좋아 주변 사람들이 먹고 싶으니 제발 팔라고 권유한 게 시작이었다고 한다. 메인 음식은 물론이고 반찬까지 모두 맛있어서 한 번 다녀간 사람은 지인을 데리고 또 방문한다고 한다. 그렇게 알음알음 알려지게 된 것이다.

맛집은 맞는데, 간판도 없고 혼자는 찾아가기 힘든 곳이다. 지도를 그려 주거나 설명해 줄 수 없는 곳이었다. 다녀온 이후 가족을 시작으로 팥죽이나 콩물국수를 좋아하는 지인을 한 명씩 데려갔다. 국산 팥에 국물이 진하다며 모두 대만족했다. 팥죽은 내가 자주 찾는 메뉴가 아니지만, 가끔 팥죽이 생각날 때면 이곳만 간다.

맛집을 찾아 차 타고 이동하는 것을 이해 못 하는 친구가 있었다. 내가 그런 사람이었다. 지금도 우리 가족은 드라이브 삼아 맛집 투어를 자주 간다. 다만, 우리는 맛집만 보고 이동하는 것은 아니다. 나들이 삼아 근교 놀거리, 체험 거리까지 알아본다. 예를 들어, 장성에 지역 맛집으로 소문난 중국 음식점이 있었다. 그곳을 방문할 때면 근처 황룡강 나들이를 함께 계획한다. 근처에 시설 좋은 도서관이 있는데, 가끔 당일 휴가를 그곳에서 보내기도 한다. 그때 중국집을 점심 코스로 첨가한다.

고서에 샐러드바를 겸비한 맛집이 있다. 우리 가족뿐만 아니라 나중에 모시고 간 부모님도 팬이 된 곳이다. 번호표 받고 차례를 기다려야 하기에 보통 오픈 시간에 맞춰 달려간다. 식사 후에는 근처에 있는 호수 생태공원으로 간다. 강가를 둘러싸고 있는 둘레길을 크게 돌면 소화도 되고 좋다. 이렇게 세트로 일정을 짜면 휴일 점심 나들이 코스로 훌륭하다.

시금치 피자가 특별한 곳, 새우 터움바 파스타가 맛있는 곳, 퓨전 돈가스가 맛있는 곳, 쌈밥 채소가 신선하게 잘 나오는 곳, 추어탕 국물이 진국인 곳, 집밥처럼 건강한 한상차림을 해 주는 곳 등 맛집 리스트는 일상의 활력소다. 맛집에서 좋아하는 사람들과의 한 끼 식사 덕분에 행복이 더해진다.

4. 습관 부자 되기

나를 사랑하는 루틴, '나사루'를 만들었다. 삶이 힘들 때, 일이 잘 안 풀릴 때, 마음이 어지러울 때 나를 잡아 주는 것은 루틴임을 몇 번이나 체험했다. 힘들 때 루틴 도움을 받으려면 삶이 평온할 때 루틴을 단단하게 만들어 놔야 한다. 이것을 알기 때문에, 나뿐만 아니라 다른 사람들의 루틴 정착도 도와주고 싶었다.

우선, 내가 가지고 싶은 좋은 습관들을 적어 봤다. 독서 습관, 운동 습관, 건강을 챙기는 여러 습관, 긍정적인 생각과 말하는 습관, 글 쓰는 습관, 아침에 일찍 일어나는 습관 등등 우선 생각나는 것을 적었다. 적는 것만으로도 기분이 좋아졌다. 아마도 좋은 내용을 적어서 그런 듯하다. 갖고 싶은 습관이 늘수록 삶이 더 건강해지고 풍요로워질 것 같았다. 이때 결심을 했다. 습관 부자가 되어 보기로 말이다.

하루에 물 2L를 마시는 게 다이어트에도 도움이 되고 건강에도 좋다는 말을 여러 번 들었다. 며칠 동안 나를 관찰해 보니 의식하지 않으면 물을 1L도 못 마실 때가 많았다. 특히, 커피를 즐겨 마시면 물을 더 마셔야 하는데 그러지 못했다. 당장 500mL 텀블러를 준비했다. 아침, 오전, 점심, 저녁 네 번 마시면 2L를 마실 수 있을 것 같았다. 아침에 일어나서 음양수를 마시고 모닝 루틴을 하면서 텀블러를 비웠다. 오전에는 운동하면서 마시고, 오후에는 사무실에서 일하면서 옆에 놔두고 마셨다. 차로 이동할 때는 텀블러를 챙겨 가서 마시려고 노력했다. 정 안될 때는 생수 한 병을 사서 물 마시는 습관을 만들어 갔다. 지금은 하루 물 2L 마시는 게 자연스러운 일상이 되었다.

마흔 넘도록 뼛속까지 야행성인 나! 이른 아침에 일어나는 게 힘든 일이지만, 새벽에 대한 로망이 있었다. 떠오르는 해를 보고 그 기운을 느끼고 싶어 아침형 인간이 되고 싶었다. 큰마음 먹고 도전하고, 다시 현실로 돌아오는 과정이 반복되었다. 혼자서도 시도해 보고 안 되면 단톡방에 들어가서 함께 해 보기도 했다. 같이 할 때는 그나마 유지가 되는데, 스스로 하는 것은 여전히 어려웠다. 일상으로 돌아오면 예전 습성으로 돌아가서 다시 아침형 인간을 꿈꾸는 사람이 되곤 했다.

2021년 코로나 덕에 드디어 아침형 인간이 되었다. 마스크를 쓰고 생활하는 일상에서 우연히 접한 새벽 공기가 나를 변화시켰다. 새벽 공기는 그때밖에 마실 수 없는 거니 일어나지 않을 수 없다. 일찍 일어나야만 하는 분명한 이유가 있어야 아침형 인간이 될 수 있다는 사실을 깨달았다. 여러분도 아침형 인간이 되고 싶다면 일찍 일어나야만 하는 이유부터 만들어 보자.

이유를 찾았다면 그다음은 아침형 인간이 될 수 있는 환경을 만드는 것이다. 그게 나에게는 '나사루' 운영이었다. 처음에 단톡으로만 아침 기상을 인증했다. 시간이 지나자 일어났다 다시 자는 날이 생겼다. 인증만 하면 되기 때문이었다. 돌파구로 찾은 게 줌을 여는 것이었다. 줌에 접속하는 것으로 기상 인증을 하고 각자가 정한 모닝 루틴을 실천하는 시스템이었다. 이거 덕분에 아침 기상 성공률이 높아졌다. 줌을 오픈해야 한다는 책임감이 나를 벌떡 일어나게 했다. 출장 갔다 새벽에 도착한 날에는 그 책임감이 부담이었지만, 그래도 지속하는 효과는 좋았다.

아침형 인간으로 변신하는 데 도움 되는 것 중 하나가 모닝 루틴이다. 앞에서도 말한 것처럼 이른 시간에 일어나야 하는 이유가 분명히 있어야 한다. 그 이유를 바탕으로 루틴 항목을 만드는 것이다. 매일 아침 루틴을 실천하다 보면 아침 기상이 자연스럽게 몸에 밴다. 독서를 사랑하는 사람은 책을 읽을 것이고, 운동이 좋은 사람은 밖으로 나가 땀을 흘릴 것이다. 경제 공부하는 사람은 신문을 읽고 경제 뉴스를 볼 것이다. 각자가 좋아하고 원하는 일로 모닝 루틴을 채우고 실천하면 된다.

건강을 중요시하기 때문에 운동을 늘 챙긴다. 플래너를 쓸 때 운동 계획을 꼭 넣는다. 미팅을 하거나 모임으로 인해 취소될 때가 종종 있지만, 최대한 지키려고 노력한다. 제일 취약한 근력 운동을 위해 PT를 등록하고 성실하게 받기도 했다. 집 근처 24시 헬스장을 등록하고 언제든 운동 갈 수 있는 환경을 만들어 놨다. 지금은 어느 정도 운동하는 습관이 정착되었다. 최종에는 집에서 하는 운동으로 운동 습관을 갖고 싶다.

독서 습관을 정착하기 위해서 두 가지 방법을 썼다. 우선 여러 개의 독서 모임을 운영하고 참여함으로써 강제 독서를 할 수 있는 환경을 만들어 놨다. 두 번째는 플래너를 쓸 때 매주 읽어야 하는 책 리스트를 적고 그것을 매일 계획표에 쪼개 넣었다. 아무리 바빠도 한 장이라도 읽는 원독서 습관을 만들었다. 덕분에 매일 독서는 어느 정도 습관으로 자리 잡았다.

글쓰기도 마찬가지다. 글쓰기 코치를 하면서 글 쓰는 시간과 양을 대폭 늘렸다. 그렇다 보니 일과 중 글쓰기가 큰 비중을 차지하고 있다. 사무실에 도착해서 본격적인 일정을 시작하기 전에 일기를 먼저 쓴다. 그런 다음 네이버 포스팅을 발행한다. 지금은 익숙한 블로그이지만 처음부터 쉬었던 것은 아니다. 처음 21일은 매일 1개씩 도전, 66일 동안은 매일 2개씩 도전, 이번 달은 매일 3개 도전 등 구체적인 목표 설정과 실천으로 글 쓰는 환경을 만들었다. 중간에 힘들다고 도망가지 않고, 강제적 환경에 순응하다 보면 글 쓰는 습관을 자연스럽게 만들 수 있다.

습관 부자가 되고 싶다. 일상을 좋은 습관으로 가득 채우고 싶다. 그 과정이 나를 멋진 보석으로 다듬어 간다는 것을 알기 때문이다. 여러분도 습관 부자가 되고 싶다면 우선 어떤 습관을 갖고 싶은지 적어 보자. 그리고 리스트에 있는 습관을 하나씩 습득하기 위한 연습을 해 보자. 중요한 것은 각자 스타일로!

5. 72시간의 휴가

"대표님, 진짜 인생 재미있게 산다!"

전화를 걸었는데, 상대방이 전화를 받자마자 건넨 인사였다. 평소 같으면 '아뇨, 뭘요.', '아니에요, 별거 아니에요.' 이렇게 대답했을 것이다. 그런데 이번에는 달랐다.

"네! 맞아요. 인생 너무 재미있어요. 제가 이런 삶을 살게 될지 전혀 예상 못 했어요. 내일이 기대돼요."

대답하는 목소리에 즐거움이 가득했다.

3년 전에 지금 사는 곳으로 이사를 왔다. 전원주택 단지여서 여러 장소에 걷기 코스가 잘 되어 있다. 평소에도 가족과 산책을 자주 했지만, 이곳으로 이사 온 이후 산책 시간이 더 많아졌다. 그날도 저녁을 먹고 생태

공원 숲길을 걸어 보자며 나갔다. 산책로를 따라 설치된 조명 덕분에 야간 산책이 가능했다. 따뜻한 불빛이 야간 산책의 운치를 더했다.

악을 질렀다. 발을 헛디뎌 넘어질 뻔했다. 발에서 전해지는 통증이 예사롭지 않았다. 그대로 앉아서 통증이 사라지길 기다리는데 갈수록 심해졌다. 단순히 접질린 게 아닌 듯했다. 결국 남편에게 업혀서 공원 입구까지 내려왔다. 차를 타고 응급실에 갔다. 엑스레이를 찍었는데, 약간 애매하다고 했다. 다음 날 CT를 찍어 보자며 응급 처치만 해 줬다. 이사 온 신고식을 제대로 치른 것 같았다.

CT를 찍으니 부러진 뼈가 보였다. 골절이었다. 난생처음 깁스라는 것을 했다. 입원까지 하게 되면서 한 달간의 병원 생활이 시작되었다. 한동안 통증이 심해서 진통제를 달고 살았다. 세 번째 책 퇴고 중이었기에 병원에서도 수험생처럼 지냈다. 입원 치료와 재활 치료까지 3개월이 걸렸다. 독한 정형외과 약 때문에 삼시 세끼 병원 밥을 챙겨 먹을 수밖에 없었다. 매일 운동하던 사람이 걷기조차 못 하니 토실토실한 돼지가 되었다.

3개월 동안 운동과 식단 관리를 병행하면서 살을 빼기 위해 노력했다. 나잇살 때문인지 반복된 다이어트에 적응된 탓인지 쉽지 않았다. 과거보다 더 노력을 기울였다. 결국 몸무게는 다치기 전으로 돌아왔지만, 체지방은 더 높아졌다. 충격이었다. 평균 이하의 근력과 기초 대사량이 낮은 게 문제였다. 근력은 낮고 체지방은 높아 살찌기 쉬운 체질이었다.

근력 운동을 시작했다. 처음 시작한 거 제대로 배워 보고자 PT를 등록했다. 그러면서 한 번도 생각해 본 적 없던 보디 프로필까지 찍게 되었다. 목표가 정해졌고 같이 하는 사람들이 있었기에 도전할 수 있었다. 내가 잘한 것은 후회 없을 정도로 최선을 다해 완주했다는 것이다. 그 결과물은 주위를 놀라게 했다. 인생 재미있게 산다고 칭찬하신 대표님도 그 이야기를 하는 것이었다.

100일 좀 넘는 시간 동안 식단 관리를 했다. PT를 받으면서 같이 한 식단이기 때문에 열량이 낮을 뿐 영양소는 골고루 갖추어서 먹을 수 있었다. 처음에는 몰랐는데, 시간이 흐를수록 몸이 가벼워지는 게 느껴졌다. 사실 살은 긴 시간 조금씩 감량되었기 때문에 일상에서는 크게 느끼지 못했다. 다만, 식단이 단조롭다 보니 몸이 편했다. 장기가 쉬는 시간을 길게 갖는 식단이다 보니 몸에게는 안식년 같은 시간이었을 것 같다. 특히, 빵, 과자, 디저트, 카페 음식들을 일절 금했으니 몸이 얼마나 청정 상태였을까 싶다. 과거와 비교해서 말이다.

소식이 우리 몸에 얼마나 좋은지를 실감했다. 단조롭게 차려서 양을 적게 먹으니 몸이 더 편했다. 아니, 훨씬 편했다. 밤에 잠도 푹 잘 뿐만 아니라 아침에 일어날 때 피곤함이 없었다. 신기한 것은 그렇게 아침잠 많은 나였는데, 5시 전에 눈이 떠졌다. 가뿐하게 일어나는 내 모습이 신기할 정도였다. 운동은 늘 해 오던 것이다. 과거와 달라진 것이 있다면 단연코 먹거리였다. 4개월 동안 좋은 먹거리와 소식의 중요성을 깨닫는 경험이었다.

확실히 체중 관리에는 운동보다 식단 영향이 매우 크다는 것을 살을 뺄 때마다 느낀다. 그래서 건강을 위해 꼭 가져야 할 습관 중 하나가 소식이라고 생각한다. 실천이 어려워 매번 노력 중이다. 또, 내가 장기들을 위해 실천하는 것이 있다. 1년에 두 번 정도 위와 장에게 3일 휴가를 주는 것이다. 즉, 3일 동안 생수 단식을 한다.

종일 굶어야 하는데, 첫날이 제일 힘들다. 그날만 잘 버티면 50% 이상은 성공이다. 둘째 날은 그럭저럭 할 만하다. 조금 기운이 없긴 한데 무리만 하지 않으면 일상 생활하는 데 전혀 지장이 없다. 셋째 날은 마지막 날이라는 생각으로 버틸 만하다. 이틀 동안 참은 게 아까워 완주하게 되어 있다. 그렇게 72시간 물만 마시며 몸의 스위치를 꺼 놓는 것이다. 끝나고 나면 하기 잘했다는 생각이 절로 든다. 머리도 맑아지고 몸도 가뿐해지기 때문이다. 몸이 리셋되는 느낌이 좋아서 잊지 않고 챙긴다.

같은 맥락으로 평소에 실천하는 것이 간헐적 단식이다. 간헐적 단식에는 16시간 공복을 유지하는 16:8과 일주일 중 이틀을 단식하는 5:2가 있다. 전자는 잠자는 시간을 포함하기 때문에 어렵지 않게 할 수 있다. 저녁을 6시에 먹으면 다음 날 10시에 음식을 먹는 거니 할 만하다. 한번 해보고 싶지 않은가!

자신을 사랑하는 마음으로 운동과 식단을 꼭 챙겨 보자. 이 또한 행복지수를 높이는 꼭 필요한 일이다.

6. 행복을 품은 아지트

결혼 전에 카페는 사람 만나는 곳이었다. 업무상 만나든, 친구와 만나든 대부분 목적을 가지고 방문하는 곳이었다. 카페에 다른 의미를 부여하기 시작한 것은 육아하면서부터다. 물론 아이가 어릴 때는 카페에서 한두 시간 차분하게 있는 것이 어렵다. 그때는 자연이라는 놀이터에서 놀았다. 아이가 유치원에 다니기 시작하면서부터 동화책 덕분에 카페 놀이가 가능했다. 가끔 그림을 그릴 수 있도록 스케치북을 준비해 갔다. 종이접기를 위해 종이접기 책과 색종이를 챙겨 가기도 했다. 그렇게 가족 문화생활을 위한 카페를 하나씩 만들어 갔다.

오래된 주택을 개조해서 만든 카페가 있었다. 골목길과 마당에 따뜻한 그림이 있어서 들어갈 때부터 기분이 좋아졌다. 한쪽으로 다락방 같은 공간이 있는데, 어린아이가 있는 우리 가족에게는 안성맞춤이었다. 대형 곰인형까지 있어 아이가 행복해하는 장소였다. 카페 곳곳 벽면에 쓰인 멋진 글귀들이 눈길을 사로잡았다. 좋아하는 메뉴 또한 이 카페의 단

골이 되게 해 주었다. 주문할 때마다 아메리카노, 블루베리 셰이크, 허니빵 고정이었다.

집 근처에 작은 북카페를 발견했다. 북카페답게 그곳에서 가족 독서를 많이 했다. 돌아가면서 아이에게 동화책을 읽어 주기도 하고, 각자의 책을 읽기도 했다. 이곳 특징 중 하나가 착즙 주스가 있다는 점이다. 아이를 위해 건강한 주스를 선택할 수 있어 좋았다. 가족이 아지트로 이용할 수 있는 카페를 발견하면 보물을 발견한 것처럼 반갑다.

아이가 학교에 입학하면서부터 나에게 카페는 업무 공간이 되었다. 심사숙고해서 찾은 곳이 협동조합에서 운영하는 카페였다. 벽면이 책으로 둘러 있고 문화 강좌 안내가 많았다. 가끔 담당자가 일을 보러 가야 할 때 내가 카페를 지켜 주기도 했다. 가을이 되면 서로 농산물을 나누며 운영하신 분들과 가깝게 지냈다. 이곳에서 폭풍 독서를 했었고, 두 권의 책도 집필했으니 개인적으로 뜻깊은 장소였다.

카페를 대부분 업무 공간으로 활용하다 보니 즐겨 찾는 곳이 스타벅스다. 문화 공간을 파는 곳이라는 스타벅스의 기업 가치를 늘 실감한다. 업무하기 편한 대형 테이블, 물을 요청했을 때 언제나 친절하게 응대해 주는 서비스, 커피뿐만 아니라 샌드위치와 샐러드도 있어 간단한 끼니 해결까지 장점이 많다. 다른 지역 출장 갔을 때 미팅 장소로 잡기 편리한 점도 있다. 아침에 아이를 학교에 데려다주고 스타벅스로 출근하는 즐거움이 있었다. 9시 전에 사람이 없는 공간에 자리를 잡고 뜨거운 아메리카노를 한 모금 마시는 순간 행복감이 밀려왔다. 가끔 이른 아침에 스타벅스 문 여는 시간에 들어가 대형 테이블에 1번으로 앉는 쾌감도 즐겼다.

요즘 맨발 걷기가 대세다. 지금처럼 유명해지기 전부터 맨발 걷기를 조금씩 했었는데, 그때 아지트로 이용하는 공간이 있었다. 농업생태공원 입구였다. 하늘만 빼고 온통 사방이 푸르다. 뒷면은 산으로 둘러싸였고, 지상은 농업 체험이 이뤄지는 곳이라 작은 논과 텃밭이 빼곡하다. 연못도 있고 도시락 까먹기 좋도록 야외 시설도 잘되어 있다. 입구 왼쪽에 테이블 하나와 카페 의자 네 개가 일렬로 배치되어 있다. 그곳에 앉으면 저절로 명상이 된다. 눈을 감으면 부드럽게 부는 바람이 깊게 느껴진다. 눈을 뜨면 푸르른 자연이 눈에 쉼을 준다.

마스크를 쓰고 필라테스를 했다. 답답했다. 숨이 많이 찰 때는 마스크를 잠깐 내리고 호흡을 크게 하고 다시 썼다. 순간이지만 마스크 안과 밖의 공기 차이를 실감했다. 하루는 이른 아침에 집 앞의 산에 올라가게 되었다. 새로운 세상을 만났다. 지금까지 마셔 본 공기 중 최고였다. 마스크 생활이 일상이었기 때문에 폐까지 시원하게 해 주는 숲 공기에 반했다. 덕분에 야행성이었던 사람이 그 공기를 마시기 위해 매일 새벽에 숲에 갔다. 해가 떠오르는 광경이나, 운무, 산들바람, 새소리 등은 보너스로 주어지는 것이었다. 자연의 선물에 감격해서 한동안 새벽 숲에 취해 살았다.

가족 별장이라고 부르는 숙소가 있다. 쉼이 필요할 때마다, 가족 휴가가 필요할 때마다 생각나는 곳이다. 어린이날, 여름 방학하는 날, 한 해를 마무리하는 연말, 가을에 떠나고 싶은 주말 등 1년에 네다섯 번 이용한다. 회사 복지 시설로 이용하는 것이라 금액이 착하다 못해 저렴하다. 4만 원에 20만 원 이상의 숙소를 이용하는 셈이다. 숙소 맞은 편에는 캠핑 가능한 해수욕장까지 있어 일거양득으로 즐기곤 했다. 가족에게 추억이 많은 곳이라 특히 애정이 가는 장소다.

나지막한 목소리로 전화를 받으면 '은정, 또 도서관이야?', '작가님, 또 도서관이세요?', '대표님, 또 도서관 갔어요?', '선생님, 또 도서관에 계세요?'라고 묻는다. 지인들에게 나는 특별한 일이 없으면 도서관에 가 있는 사람이다. 도서관을 사무실처럼 이용한 지 8년 차다. 책도 보고 글도 쓰고 다른 업무들까지 처리한다. 도서관 문 여는 시간에 들어가 끝날 때 나오는 것을 즐겼다. 도서관은 나뿐만 아니라 가족에게도 아지트다. 방학 때마다 도서관에 출근부 도장을 찍었다. 세상 시원하고 따뜻한 곳이기 때문이다. 가족 구성원 모두가 독서는 물론이고 각자 하고픈 일을 자유롭게 할 수 있기 때문이다. 가끔은 맛있는 도시락을 준비해서 근교에 잘 만들어진 도서관으로 나들이를 가곤 했다. 새로 생기는 도서관들을 보면 세금 내는 게 뿌듯할 정도다. 집 근처에 시설 좋은 도서관이 있는 곳에서 노후를 보내고 싶다.

행복해지는 나만의 공간을 만들어 보자. 그 공간이 꼭 한 개일 필요는 없다. 마음이 편해지는 공간, 추억이 많은 공간, 힐링이 되는 공간, 기분이 좋아지는 공간, 의미가 있는 공간 등 나를 미소 짓게 하는 공간을 만들어 보자. 많을수록 행복 지수가 탄탄해질 것이다.

7. 수익 로봇이 주는 자유

'부자가 되었을 때 가장 좋은 것이 무엇인가요?' 김승호 회장님이 초기에 자주 받던 질문이다. 그때 나온 대답이 '자유'였다. 삶을 내 자유의지로 살 수 있다는 것이 가장 좋다고 하셨다. 그것을 경험하게 해 준 것이 김승호 회장님 덕분에 가게 된 미국 비즈니스 투어였다.

지금 누리고 있는 자유를 지키기 위해 열심히 노력한다. 현재 경제적 자유를 누리고 살 수 있는 이유 중 하나가 나 대신 돈을 벌어 올 로봇들을 만들어 놓은 덕분이다. 그 가치를 알기에 경제적 자유를 꿈꾸는 사람들에게 자본 소득 시스템을 구축하라고 안내한다.

자본 소득은 절대 불로소득이 아니다. 그렇게 보는 관점부터 바꿔야 한다. 자본 소득 시스템을 만든 결과물만 보면 편해 보일지 모른다. 그러나 만들기까지의 과정이 절대 만만치 않다. 거저 되는 것은 없다. 야무진 눈덩이를 만들어 정성껏 굴려야 한다. 눈사람을 완성하기까지 최선을 다해야 한다. 시스템을 유지하는 과정도 마찬가지다. 현장에서 문제를 하나씩 해결하는 경험을 통해 내공이 쌓이게 된다. 단단한 내공이 쌓이기 전까지는 좌충우돌하면서 배우기 마련이다. 나중에는 어렵지 않게 시스템을 운영할 수 있지만, 그렇다고 마냥 편한 것만은 아니다. 다만, 시간 대비, 노동 대비 만족도가 크기 때문에 매력적이다.

좋은 로봇을 찾기 위해 기본적으로 경제 공부를 생활화하고 부지런히 총알을 만들어야 한다. 경제 신문을 읽고 임장을 다니는 것도 로봇을 장착하기 위한 일련의 과정 중 하나다. 시세 차익형이 아닌 현금 흐름용 로봇을 사들인 후에는 관리가 필요하다. 각종 세금을 체크해야 하고, 집 혹은 건물 상태에 따라 실내장식도 신경 써야 한다. 불시에 터지는 임차인 문제도 수시로 해결해야 한다. 로봇이 하나가 아니라 여러 개가 된다고 생각해 보자. 임대 소득이 결코 불로소득이 아니라는 것을 알 수 있을 것이다. 그래도 동의가 어렵다면 직접 경험해 보는 것도 좋은 방법이다. 실전 경험에서 더 큰 깨달음을 얻을 수 있을 것이다. 나의 경우는 고난도 세입자를 통해 많은 것을 경험하고 배우고 있다. 속 썩일 때는 밉지만, 문제 해결하는 과정을 통해 배우고 성장하다 보니 나중에는 고마움을 느낄 때도 있다.

시스템을 만들고 키워 나갈 때 제일 많이 했던 공부가 세금이었다. 절세하기 위해 하는 세금 공부가 재미있었다. 대부분 셀프로 진행하다 보니 공부가 저절로 되었다. 날벼락 맞듯 경매를 당했고 어쩔 수 없이 낙찰까지 받았다. 모든 과정을 배우는 자세로 직접 진행했다. 나중에 매도하는 과정에서 양도세 공부를 제대로 했다. 상황이 특수한 경우였고, 완전 초보이다 보니 관련 기관에 상담도 받고 여기저기 자문해서 해결했다. 비록 고생은 했지만, 뿌듯한 경험이었다. 그래도 양도세 내는 일은 즐거운 일이다. 수익이 남았으니 내는 거 아니겠는가! 앞으로도 양도세를 기쁜 마음으로 계속 내고 싶다.

취득세도 마찬가지다. 취득세 중과로 스텝이 꼬이기도 하고 자금 흐름에 적신호가 들어오기도 했지만, 그래도 기분 좋게 내려고 한다. 새로운 로봇 하나를 장만하는 기념으로 내는 세금이기 때문이다. 이건 나중에 매도 가격에 포함돼 거래될 것이기에 돌려받는 금액이라고 생각한다. 단, 똘똘하고 건강한 로봇이라는 전제하에 말이다. 취득세를 기쁘게 낼 수 있도록 좋은 로봇을 데려오는 것이 중요하다.

수시로 카톡을 통해 '나 열심히 일하고 있어요!'를 알리는 로봇도 있다. 배당 로봇이다. 국내 로봇만 고용했을 때는 배당 시즌에만 열일을 한다.

종목에 따라 분기별로 성과 보고를 하기도 한다. 해외 로봇을 고용한 이후로는 매달 보고를 받고 있다. 매달 배당이 들어오는 종목들도 들어오는 날짜가 달라서 카톡이 수시로 울린다. 큰 금액은 아니지만, 일상을 달콤하게 해 주는 금액이다. 가끔은 가족 외식비를 지원해 주기도 한다. 여러 알람 중 배당 알람이 주는 행복이 쏠쏠하다.

목표 수익률에 도달한 로봇이 눈에 띈다. 여러 가지 체크를 거친 후 매도를 결정했다. 그간 열심히 일한 로봇은 수익을 남기고 사라졌다. 주식 양도 차익에 대해서 세금이 없다. 매우 작은 주식 거래세를 빼고는 온전한 수익이다. 함께한 시간만큼 정이 들었기 때문에 아쉽기도 하지만 수익에 미소가 지어진다. 든든한 종잣돈이 마련된 셈이다. 이 종잣돈으로 더 크고 튼튼한 로봇을 데려올 준비를 한다. 새로운 로봇은 또 24시간 쉬지 않고 일하며 자본 소득을 만들어 낼 것이다.

고마운 로봇들 덕분에 자유를 누릴 수 있게 되었다. 노동과 시간을 일하는 데 쓰고 그 대가로 급여를 받는 것이 필수가 아닌 선택이 되었다. 돈 때문에 일해야 하는 상황이 없어진 것이다. 경제 독립 덕분에 한정된 에너지와 소중한 시간을 원하는 곳에 쓸 수 있게 되었다. 삶에서 자유와 선택권이 주는 만족을 제대로 누리고 있다.

자본 소득을 만들어 내는 로봇을 하나씩 만들어 보자. 그렇기 위해 맨 처음 해야 할 일은 종잣돈을 만드는 일이다. 종잣돈 만드는 일은 단순하다. 근로 수입 생기면 최대한 절약해서 모으면 된다. 여기에 시간을 더하면 무조건 만들어진다. 수입을 늘리기 위해 애쓰고 지출을 줄이는 방법을 최대한 활용해야 한다. 그러면 종잣돈 모으는 기간이 단축될 수 있다. 그 기간에 경제 공부를 병행하면 좋다. 그러면 나 대신 일할 로봇을 사들일 돈이 모였을 때 야무진 물건을 살 수 있다. 한 단계씩 차근차근 실천해서 경제 독립을 꼭 이루길 바란다.

돈이 인생의 전부는 아니다. 하지만, 돈이 없으면 돈이 인생의 전부가 될 수 있음을 기억하자.

8. 배워서 남 주자

옛말에 배워서 남 주냐는 말이 있다. 나에게 묻는다면 바로 '예스'라고 대답할 것이다. 배워서 남 줄 때가 보람되기 때문이다. 누군가에게 알려준다 생각하면 배우는 자세가 달라진다. 현장에서 몰랐던 사실을 알았을 때, '더 자세히 알아보고 사람들에게 알려 줘야지!' 하는 마음에 신날 때가 많다. 행복 지수를 올리는 데 배움과 나눔을 빼놓을 수 없다.

학생 때는 공부가 좋아서 하기보다 대학에 가기 위한 목적으로 열심히 했다. 벼락치기 할 때도 많았고, 문제 풀이 기계처럼 공부했다. 시험 보기 위해 무조건 외우다 보니 시험이 끝나면 대부분 잊어버렸다. 휘발성 지식을 열심히 넣은 것이다.

그런 와중에도 배움이 즐거울 때가 있었다. 오랫동안 고민했던 수학 문제를 해결했을 때 날아갈 듯 기뻤다. 까막눈이었던 영어에 눈이 떠졌을 때 영어 공부가 재미있어졌다. 영어에 푹 빠져 누가 시키지 않아도 방학 3개월을 영어 공부에 온전히 투자하기도 했다. 종일 혼자 공부하는 시간은 인내가 필요했지만, 성문 종합 영어가 마스터되어 가는 과정은 뿌듯했다. 남은 페이지가 얇아질수록 영어 실력이 늘었기 때문이다. 몰랐던 것을 새로 알게 되는 즐거움을 그때부터 조금씩 느꼈다.

성인이 된 이후 뭔가를 새로 배우는 시간은 설렘 그 자체였다. 원해서 배우는 거였고 100% 내 선택이었기 때문이다. 운전 면허를 딸 때, 컴퓨터 활용 자격증을 딸 때, 재즈 댄스를 배울 때, 스쿼시를 배울 때, 석사 논문 쓸 때, 유튜브를 배우고 처음 영상을 만들어 올릴 때, 금융 공부할 때, 경매로 넘어간 오피스텔을 지키기 위해 경매 공부할 때, 역학을 공부할 때 등등 삶의 활력소가 되어 준 배움이 많았다. 사는 동안 배움을 계속 이어갈 생각이다. 무엇이 되었든 새롭게 알아가는 기쁨을 평생 누리고 싶기 때문이다. 배운 것을 타인에게도 알려 주는 것이 즐겁기 때문이다.

삶이 무료하다 느낄 때 새로운 것에 관심을 가져 보자. 호기심을 가지고 탐색하고 배워 보자. 시험을 보기 위한, 경쟁하기 위한 배움이 아니기에 그냥 즐기면 된다. 몰랐던 것을 알아 가는 재미가 삶의 활력소가 되어 줄 것이다.

두 번째로 큰 즐거움은 나눔이다. 누군가를 돕는다는 사실만으로도 에너지가 충만해진다. 타인을 기쁘게 해 주는 일이 나를 즐겁게 했다. 생일을 축하해 주기 위해 편지를 쓰고 선물을 준비하는 과정 자체가 행복한 일이다. 지인을 위한 깜짝 이벤트 아이디어를 내고 준비하는 시간 또한 신났다. 덕분에 음식, 물건, 장소 모든 것에 추억이 담기기 시작했다.

따사로운 햇살이 만연했던 스무 살의 봄날, 친한 선배에게 봄을 선물하고 싶었다. 어느 날 갑자기 프리지어 꽃다발을 건넸다. 예상치 못했던 꽃 선물에 반응이 폭발적이었다. 시간이 흐른 뒤에도 선배는 그날 추억담을 꺼내곤 했다. 길을 걷다 꽃집에서 프리지어가 보이면 언니의 표정이 생각나서 미소를 짓는다. 지인 집에 놀러 갔다 거실 꽃병에 꽂혀 있는 프리지어를 보면 꽃을 건넸던 강의실의 시간이 생각났다. 이처럼 우리 두 사람에게 프리지어는 봄에 볼 수 있는 그냥 이쁜 꽃이 아니라 그날 추억을 소환시키는 매개체가 되었다.

마음을 담은 밥을 좋아한다. 식사 약속을 의식적으로 챙기는 편이다. 좋은 소식을 전해 준 이에게 축하의 밥을, 안쓰러움이 느껴지는 이에게는 위로의 밥을, 열심히 노력하며 살아가는 이에게는 응원의 밥을, 내가 신세를 지거나 도움받으면 감사의 밥을 대접한다. 특히, 어깨를 토닥이며 격려하고 용기를 주기 위해 사 주는 밥이 제일 뿌듯하다. 따뜻한 한 끼 제대로 먹으며 힘냈으면 좋겠고, 지칠 때면 또 밥 사 달라고 연락하면 좋겠다. 그 마음으로 밥 약속을 한다.

어릴 때부터 손 편지를 자주 썼다. 그 양이 상당했지만, 추억이 많은 편지라 오랜 기간 보관했었다. 정성과 마음이 담긴 편지여서 쉽게 버릴 수 없었다. 미니멀 라이프 삶을 실천하면서 어쩔 수 없이 정리하기 시작했다. 요즘은 손 편지가 귀해서 감동을 더 받는다.

카카오톡 선물하기 기능이 많은 것을 대신해 주고 있다. 처음에는 삭막하고 정 없어 보여서 거부감이 들었다. 가능한 한 아날로그 선물을 고수했었다. 물론, 지금은 아니다. 갈수록 선물 아이템이 다양해지면서 폭넓게 활용한다. 카카오톡의 생일 알림 덕분에 서로의 생일을 카카오톡으로 챙기는 게 일상이 되었다. 그래도 손 편지를 쓰고 정성껏 선물을 준비해서 마음 전하고 했던 과거가 가끔은 그립다.

카카오톡 선물하기 기능을 즐겨 사용하는 경우는 따로 있다. 문득 누군가 떠올랐을 때 그 마음을 전하기 위해 활용할 때가 많다. 아무 날도 아닌데 전해지는 선물이 주는 감동은 더 크기 때문이다. 무더위가 한창인 여름날 아침 그냥 전하는 시원한 커피, 아들 입대날 돌아오는 길 허전한 마음 토닥이라며 전하는 지인의 애정 커피, 추운 출근길 꽁꽁 언 몸을 녹여 주기 위해 보낸 따뜻한 커피 등은 작은 행복이지만 상대방에게 감동을 선물하기 위해 잘 활용하고 있다. 타인의 작은 행복이 나에게도 즐겁다. 그래서 자꾸만 더 하게 된다.

삶의 즐거움을 더하고 싶다면 주변을 더 살뜰히 챙겨 보자. 타인에게 웃음을 선물하는 일이 결국 내가 웃을 수 있는 일이다. 도움이 필요한 사람을 돕는 일 또한 삶을 의미 있게 해 주기 때문에 결국 내가 행복한 일이 된다. 물질이든 마음이든 자주 나누자.

9. 오감 자극하기

'일상에서 감탄을 자주 하는 삶이 행복한 사람이다.'라는 글을 본 적이 있다. 일상 속 감탄, 낯설었다. 생각해 보니 나이 먹을수록 감탄과 멀어져 가는 듯했다. 큰 이벤트에 웃고 눈에 띄게 좋은 일에만 기뻐하는 것 같았다. 좋은 글귀를 만난 계기로 감탄을 많이 하면서 살아보고 싶어졌다. 그러면서 생각해 낸 방법이 오감을 자극하는 일이었다.

오감 중 가장 먼저 떠오르는 것은 미각이었다. 좋아하는 사람과 맛있는 음식 먹는 걸 사랑하는 나로서는 당연한 일이다. 그러고 보니 맛있는 음식을 마주했을 때 감탄을 제일 많이 했던 것 같다. 처음 한 입 먹는 순간 행복한 맛이라는 말이 저절로 나왔다. 더군다나 이 맛있는 음식을 사랑하는 사람들과 함께 즐기니 더할 나위 없이 행복한 시간이었다.

두 번째로 감탄을 많이 했던 감각은 시각이다. 최근에 시각을 행복하게 자극하는 주인공은 단연코 자연이다. 출장 갈 때를 제외하고는 거의 매일 아침 숲길을 걷기 때문에 계절의 변화를 가까이에서 체감한다. 숲까지 가지 않더라도 현관문을 열면 제일 먼저 마주하는 풍경에 얼음이 된다. 단풍잎이 가득한 나무들을 통해 짙어진 가을을 만난다. 감탄사가 절로 나온다. 혼자 보기 아까워 예쁜 풍경을 카메라에 담아 공유하기도 한다. 그림 같은 풍경을 눈에 담는 것만으로도 집을 나서는 시간이 행복하다.

비가 오는 숲길을 우산 쓰고 걸으며 자연을 만난다. 맑은 날과는 또 다른 모습을 연출하기 때문에 그 맛에 가게 된다. 비가 그친 다음 날은 무조건 가야 한다. 빗물로 목욕한 숲 색깔이 그렇게 예쁠 수가 없다. 비 오기 전과 후의 숲 색깔이 바뀐 것은 아니지만, 청명함이 확연히 다르다. 거기서 느껴지는 상쾌함에 그렇게 기분 좋을 수가 없다.

숲에서 만나는 운무 또한 감탄사를 연발하게 한다. 걷는 내내 신선놀음하는 듯한 느낌이다. 한참을 걷다 보면 운무가 걷히면서 가는 빛줄기가 보이기 시작한다. 나무들 사이로 떠오르는 햇살이 더 선명하게 빛난다. 빛의 기운이 강하게 느껴진다. 하루를 시작하는 마음가짐이 단단해진다. 아침 햇살이 채워 주는 강한 에너지 덕분이 아닐까 한다.

정기적으로 꽃 농원을 방문한다. 선물할 꽃과 화분을 사기 위해서 가기도 하고, 화분 분갈이를 위해서 찾기도 한다. 선물할 꽃과 화분을 고르기 위해 농원 전체를 둘러보는 동안 눈이 호강한다. 가게 앞에 즐비하게 놓여 있는 계절 꽃들이 얼마나 화사한지 모른다. 봄에 가면 꽃 잔치에 초대받은 것 같다. 가을에 가면 가게들이 준비한 디스플레이에 국화 축제가 따로 없다. 농원에 볼일이 없더라도 눈을 호강시켜 주기 위해 산책할 때 그 앞을 한 번씩 지나가곤 한다. 집 근처에 농원 단지가 있다는 게 감사할 따름이다.

촉감을 자극하는 일은 뭐가 있는지 생각했을 때 제일 먼저 떠오른 게 마사지였다. 마사지는 매 순간 열심히 살아가는 나에게 주는 선물 중 하나다. 두 시간 동안 전신을 받고 나면 개운함을 넘어 몸이 완전 가볍다. 독소 제거 단식을 통해 몸속의 휴식을, 전신 마사지를 통해 몸 밖의 휴식을 챙긴다. 마사지 받은 후의 기분 좋은 느낌을 오래도록 누리고 싶다.

그다음 떠오르는 게 사랑하는 사람과의 접촉이었다. 새벽에 수업을 마치고 새근새근 잠든 돌쟁이 아이를 품에 안던 그 순간이 지금도 생생하다. 당시 모든 고단함을 잊게 하는 선물 같은 시간이었다. 아이를 키우는 동안 품에 딱 안기는 느낌이 너무 좋아 천천히 자라길 얼마나 원했는지 모른다. 손을 잡고 산책하는 시간, 팔짱을 끼고 걷는 촉감, 지인들과 인사 나눌 때 하는 포옹 등이 촉감을 깨운다. 이런 촉감을 통해 전해지는 행복감은 찐하다.

귀를 즐겁게 하는 여러 가지 아이템 중 으뜸은 음악이 아닐까 한다. 일상에서 음악이 없다면 어떻게 될까? 드라마 속 멋진 장면도 음악이 빠지면 감동은커녕 완전 밋밋해진다. 음악 때문에 눈물을 흘리기도 하고, 웃기도 한다. 콧노래를 부르기도 하고 몸을 흔들기도 한다. 음악을 통해 사람, 환경, 장면이 소환되기도 한다. 사실 음악이 없는 삶은 상상이 안 된다. 그만큼 모든 순간에 음악의 영향력은 지대하다.

또 귀를 즐겁게 하는 것을 떠올려 보니 아이의 웃음소리가 떠올랐다. 어릴 때 워낙 잘 웃는 아이여서 제일 먼저 생각난 듯하다. 비단 아이뿐 아니라 사람들의 행복한 웃음소리는 듣는 사람도 즐겁게 한다. 상대방 웃음에 나도 동화되어 같이 웃을 때가 많다. 웃음소리는 음악 못지않게 우리의 행복 지수를 올려준다고 믿는다.

코를 자극하는 냄새에 행복할 때가 있다. 사무실이 있는 건물 1층에 유명한 빵 맛집이 영업 중이다. 이른 아침 출근할 때마다 만나는 빵 굽는 냄새가 출근길을 행복하게 한다. 빵집으로 발걸음이 향하는 유혹을 매번 참아 내야 하지만, 그래도 매일 아침 빵 굽는 냄새가 늘 반갑다.

지난주, 친구와 작은 카페에서 수다를 나누고 있었다. 진한 커피 향이 풍겨왔다. 코끝으로 전해지는 커피 향이 사랑스럽다. 이미 밀크티를 마시고 있음에도 커피를 또 주문하고 싶은 유혹이 들 정도다. 커피 내리는 향이 주는 설렘을 오래도록 맡고 싶다.

숲길을 걸을 때면 딱히 무슨 향이라고 부르지 못할 은은한 자연의 냄새가 난다. 나는 그 냄새가 좋다. 마음이 편안해지고, 걱정도 사라진다. 마당에 놓여 있는 화분들에서 국화꽃 향이 물씬 풍긴다. 덕분에 집에서 짧은 가을을 만끽하기도 한다. 자주 다니는 미용실에는 허브향이 가득하다. 머리하러 갔다가 향기에 취해서 돌아오기도 한다.

향기는 저절로 내게 오지 않는다. 챙겨야 한다. 향기를 챙기면 그 향기는 내 것이 된다. 맛, 감촉, 풍경, 소리 그리고 향기. 오감은 관심과 정성으로 대할 때 내 마음과 반응한다. 행복해지고 싶다면, 행복한 하루를 만들고 싶다면, 다섯 가지 감각을 챙기면 된다. 오늘도 눈과 코와 입을 활짝 열어 본다.

10. 100일 놀이

100일 놀이를 즐긴다. 100일 놀이는 새로운 과제를 정해서 100일 동안 지속하는 것을 의미한다. 습관을 만들기 위해 21일을 지속하면 몸이 인지하고, 66일을 지속하면 몸이 기억한다고 한다, 100일 지속하면 습관으로 정착이 된다고 해서 도전 기간으로 100일을 선택했다. 갖고 싶은 습관이 생기면 100일 도전을 세팅했다. 그러다 보니 1년이 생각보다 짧았다. 100일 놀이를 세 번 반복하면 거의 1년이다. 매년 좋은 습관 세 개씩 장착한다는 생각으로 놀이처럼 즐기기로 했다.

맨 처음 시도한 것은 앞에서도 언급한 100일에 서른세 권 읽기였던 것 같다. 독서 습관을 정착하기 위해 『독서 천재가 된 홍대리』를 읽고 따라 했다. 그냥 독서를 하는 것과는 확실히 달랐다. 100일에 서른세 권을 읽으려면 10일에 3.3권을 읽어야 한다. 즉, 일주일에 두 권 이상 소화를 해야 한다. 약간의 책임감과 의무감으로 읽으니 평소보다 집중이 잘 되었다. 자연스럽게 독서에 속도가 붙었다.

어렵게 100일에 서른세 권 도전을 완료했다. 중간에 멈춤의 위기도 여러 번 찾아왔지만, 지인들에게 공표한 덕에 끝까지 할 수 있었다. 이 시도를 통해 독서 습관이 정착된 것은 아니지만, 독서에 집중해 보는 작은 경험은 되었다.

두 번째로 기억나는 건 미라클 모닝이었다. 새벽 기상을 원하는 사람끼리 온라인상에 모여 100일 동안 기상 인증을 하는 것이다. 처음에는 뭣 모르고 참여했는데, 함께 하는 사람들의 열정이 대단했다. 새벽 4시에 일어나는 사람, 매일 필사하는 사람, 블로그 포스팅을 매일 하는 사람 등 성장하기 위해 노력하는 사람이 생각보다 많았다. 젊은 20대부터 50대 주부까지 직업과 연령층이 다양했다. 특히, 아이 키우는 엄마들의 노력이 돋보였다. 없는 시간을 쪼개고, 육아에 지친 몸을 이끌고라도 성장을 위해 애썼다. 나도 그 분위기에 취해서 5시 반 새벽 기상을 이어갔다.

평생 숙제처럼 하는 게 있다. 바로 다이어트다. 늘 관심을 가지고 기회가 되면 매번 도전하게 되는 것 같다. 운동 관련 책을 읽다 혹했다. 이미 마음이 넘어갔다. 실행력 하나는 최고인 나는 바로 행동으로 옮겼다. 작가가 운영하는 단톡방에 합류해서 일지를 따라 쓰기 시작했다. 운동 내용, 하루 세끼 식단, 일과, 독서 기록, 수면 정보 등으로 일지를 꼼꼼히

채웠다. 그리고 매일 일지를 올렸다. 이 경험이 루틴의 중요성을 깨닫는 출발점이었다.

책을 통해 여러 경험을 한다. 이번에는 글쓰기였다. 일반 글쓰기 말고 블로그 글쓰기였다. 블로그를 쓰고는 있지만, 매일 쓴다는 게 말처럼 쉽지 않았다. 일주일에 한두 번 쓰다 보니 잠시 방심하면 10일 동안 한 번도 안 쓸 때도 간혹 있었다. 매일 꾸준히 쓰는 습관을 만들고 싶었다. 그때 만난 책이 김민식 PD의 『매일 아침 써봤니?』였다.

도서관 서가를 거닐다 눈에 딱 들어온 책 제목이 있었다. 『내 모든 습관은 여행에서 만들어졌다』는 여행에 관심 많고, 좋은 습관 만드는 것을 좋아하는 나를 위한 책 같았다. 그 책을 통해 『매일 아침 써 봤니?』를 알게 되었다. 블로그 글쓰기에 대한 부담감을 조금은 내려놓을 수 있었다. 5년 동안 꾸준히 글을 쓴 작가를 통해 동기부여를 받았다. 마음이 움직이니 실천은 바로 이뤄졌다. 블로그 포스팅을 시작하고 100일 동안 꾸준히 올렸다. 확실히 블로그 글쓰기에 대한 장벽이 많이 낮아지는 경험이었다.

운동에 관련 기사를 읽다 계단 오르기에 관심이 갔다. 100층을 매일 오르는 사람 이야기였다. 10년 넘게 하고 있고 체중 감량을 대폭 한 후에 유지 중이라고 했다. 혹했다. 시계를 보니 유치원에 간 아이가 하원하려면 30분 정도 남았다. 당장 밖으로 나갔다. 5층부터 숨이 차기 시작했다. 처음 의욕과 달리 10층이 한계였다. 20층은 무리이고 10층까지 두세 번 반복하기로 빠르게 타협했다.

헬스장에서 러닝머신을 걷고 있었다. 건강 프로그램 〈나는 몸신이다〉를 보던 중이었다. 엉덩이 계단 오르기가 소개되었다. 혹해서 다시 도전해 보고 싶어졌다. 문제는 사는 곳이 전원주택 단지여서 계단이 없다는 점이다. 인근 아파트를 물색했다. 그동안 이른 아침에 동네 걷기를 했었는데, 날씨가 추워져서 실내 운동이 필요했던 터였다. 이래저래 계단 오르기를 다시 도전할 명분이 생겼다.

바로 실천에 옮겼다. 최고층이 18층이었다. 10층부터 헉헉거리고 시작했다. 18층에 도달하니 땀이 났다. 엘리베이터를 타고 내려갔다. 한 번 더 올라갔다. 땀이 제법 났다. 세 번째는 도전이었다. 코끝에 맺힌 땀방울이 떨어졌다. 여기까지 했다. 18층을 3회 했으니 54층이었다. 매일 1km 정도를 걸어와 아파트 계단 오르기를 이어 갔다.

차츰 좋아지는 체력을 체감할 수 있었다. 3회전이 익숙할 때쯤 1회전을 더 해 봤다. 시간이 흘러 4회전이 익숙해질 때쯤 5회전에 도전했다. 5회전 하면 90층이다. 이때는 10층을 더해서 100층을 채웠다. 추운 겨울이지만 땀이 제대로 났다. 심장도 요동쳤다. 엘리베이터를 타고 내려오는 동안에도 땀이 흘렀다. 오늘도 해냈다는 성취감에 아파트를 나오는 길이 그렇게 뿌듯할 수가 없다. 100일 동안 계단 오르기를 한 경험은 나와 주변 사람들에게 좋은 자극이 되었다.

계단 오르기는 장점이 많은 운동이다. 실내 운동이라 날씨 영향을 받지 않는다. 비가 오나 눈이 오나 하루도 빠지지 않고 할 수 있다. 내려올 때는 엘리베이터를 타기 때문에 시간이 오래 걸리지 않는다. 유산소와 근력 운동이 동시에 되는 운동이기도 하다. 경험하고 나니 아파트 사는 지인들에게 적극적으로 추천하게 되었다.

23년에 100일 도전 놀이 중 단연 으뜸은 숲길 사색 명상이었다. 등산을 그다지 좋아하지는 않지만, 숲길 걷는 것은 사랑한다. 평지와 오르막의 차이다. 매일 아침 6시만 되면 숲에 가서 걸었다. 생각 정리를 하고 비워 내는 연습을 했다. 운동 삼아 걷는 것이 아니라 걷기 명상을 위한 시간이었다. 매일 갔다. 장맛비가 내려도, 태풍이 와도, 폭우가 쏟아져도 갔다. 어떤 핑계도 대지 않는 것이 매일 할 수 있는 힘이었다. 그냥 무조건 가는 습관을 통해 지속하는 힘을 경험했다.

생활에 활력을 불어넣고 싶거나, 좋은 습관을 만들고 싶을 때 100일 도전 놀이를 해 보자. 꼭 대단하거나 거창할 필요는 없다. 사소한 것이라도 한번 도전해 보자. 나와의 약속을 지켜 나가는 재미, 완주했을 때의 뿌듯함이 생동감 있는 일상을 선물할 것이다. 좋은 습관을 하나 장착하는 것은 보너스다.

11. 호기심 천국

어질러진 거실을 깔끔하게 정리하고 잤다. 다음 날 두 살 아이가 일어나서 활동을 시작하자마자 거실은 어제처럼 변했다. 책장의 책들이 거실 바닥에 널부러졌다. 장난감 함은 진즉에 열려서 여기저기에 흩어졌다. 인형들도 아이 동선을 따라 여러 곳에 자리 잡았다. 이제 아이의 새로운 탐험대는 싱크대 안이었다. 냄비와 여러 양푼이 밖으로 나와 있었다. 주방 기구들이 아이의 새로운 장난감이 되었다.

집안 곳곳을 탐험하듯 돌아다니는 아이를 보며 물었다. '도대체 너는 누구를 닮아 이렇게 호기심이 많은 거니?' 아이를 한참 바라보는데 아차 싶었다. 나를 닮은 거였다. 그 후로는 난장판이 된 집을 정리할 때마다 호기심 많은 나를 생각하며 당연한 마음으로 치웠다.

그렇다. 나는 호기심이 많은 사람이다. 그래서 세상이 재밌다고 느낄 때가 많다. 새로운 세계를 만났을 때 눈이 반짝거린다. 평소 관심 있던 분야면 새롭게 알아가는 사실에 가슴이 쿵쾅거리기도 한다. 현재 나는 투자자, 작가, 강사, 자영업, 법인 대표 등 N잡러로 살아간다.

지금까지 집필해 온 책 주제가 다 다르다. 첫 번째 책은 재테크, 두 번째 책은 자기 계발, 세 번째 책은 독서, 네 번째 책은 자녀 교육, 공저 책은 글쓰기에 관해서 썼다. N잡러로 살아가고 다양한 주제의 책을 쓸 수 있는 것의 베이스는 왕성한 호기심 덕분이다.

평소 사업에 관심이 많았다. 특히, 공간 임대업에 관심이 갔다. 집이 아닌 공간에서 강의, 회의, 상담, 집필, 독서, 공부 등 여러 가지 일을 한 경험 때문이다. 주변에 사업하는 사람이 많은 것도 자연스럽게 사업에 대한 호기심에 영향을 주었다. 간접 경험을 통해 앞으로 사업을 한다면 무인으로 하고 싶었다. 인건비 부담도 있지만, 사업장에 구속되고 싶지 않았기 때문이다. 자유로운 삶을 추구하는 나에게 무인 사업이 맞을 것 같았다.

무인으로 운영하는 공간 임대업을 경험했다. 시작한 지 얼마 되지 않아 코로나 시기와 겹쳐 된통 고생했다. 방역 지침을 따르고 그에 맞춰 움직이느라 신경 쓸 일들이 많았다. 월세를 포함해서 운영비를 고민해야 했고, 매출 상승을 위한 다양한 전략도 구상해야 했다. 하루는 영업시간 제한 때문에 일찍 문을 닫고 나오면서 내가 생계형 자영업자가 아님에 얼마나 감사했는지 모른다. 현장에서 고통받는 자영업자들 생각에 마음이 무겁기도 했다. 주변의 문을 닫는 가게들을 볼 때마다 남 일 같지 않았다. 코로나가 끝난 후에도 시시각각 새로운 변수가 생겼다. 그때마다 변화를 모색해야 했다. 공부의 연속이었다. 사고가 늘 깨어 있어야 했다. 비록 고생은 했지만, 그만큼 배우는 것도 많았기에 값진 경험이었다.

제주도, 부산, 강원도, 서울 등 다른 지역 방문은 항상 여행이었다. 적어도 투자자의 삶을 살기 전까지는 말이다. 하지만, 이제는 일하러 자주 간다. 땅 보러 제주도, 강원도를 방문했다. 새로운 수익 로봇을 데려오기 위해 서울로, 부산으로 부지런히 돌아다녔다. 부동산 투자와 관련해서도 자주 새로운 상황을 마주한다. 호기심 많은 나에게는 모든 과정이 배움의 장이라고 생각한다.

『부자는 내가 정한다』에 나온 수익 로봇을 보면 지역도, 종목도 매우 다양하다. 아파트, 상가, 농지, 오피스텔, 주택, 토지, 금융 로봇, 주식 등 로봇 리스트를 보면 호기심 많은 성향이 보인다. 매도와 매수가 정기적으로 이뤄지기 때문에 부동산에 관한 관심은 지속될 것이다.

경제 신문을 읽다가 CEO를 소개한 글에 관심이 갔다. 호기심이 발동해서 바로 그 기업에 대해서 알아보기 시작했다. 현재 주가는 얼마이고 과거에는 어땠는지, 재무 상태는 어떤지, 지배 구조는 어떻게 되는지, 미래 전망은 어떤지 등등 자료상 기업 탐방을 해 본다. 매수 판단이 서면 매수 적기를 살핀다. 이 과정이 재미있다. 몰랐던 기업을 알게 되는 반가움도 즐겁다. 주식을 좋아하는 이유 중 하나다.

주식을 하게 되면 뉴스에 나오는 내용이 다르게 들린다. 물건을 소비할 때도 다른 관점으로 하게 된다. 예를 들어, 농심 주주인 지인 한 명은 농심 제품 위주로 소비를 한다. 농심 관련 뉴스는 대부분 파악하고 있다. 농심 신제품도 제일 먼저 알고 있을 때가 많다. 그만큼 주주로서 관심을 가지기 때문일 것이다. 우리가 생활하는 모든 영역에 관련된 기업이 무수히 많다. 본인이 좋아하는 영역부터 하나씩 관심을 가져 보면 일상에 재미가 더해질 것이다.

만남을 통해 호기심이 발동할 때가 있다. 만나면 기분 좋아서 자주 생각나는 사람, 배울 점이 많아서 곁에서 배우고 싶은 사람, 인품이 뛰어나서 지속해서 관심이 가는 사람, 매력적이어서 계속 보고 싶은 사람 등 이런 사람들에게 호기심이 커진다. 알아가는 과정이 신난다. 때로는 가슴을 두근거리게 한다. 어색함에 낯선 사람 만나는 것을 어려워하지만, 그런데도 기회 될 때마다 용기를 내 본다. 좋은 만남에서 채워지는 에너지 덕분에 인생이 충만해질 때가 많기 때문이다.

기쁨을 주는 일이 하나 더 있다. 일상에서 좋은 책을 만났을 때다. 추천을 받았는데, 기대 이상으로 괜찮았을 때 추천인에게 감사 인사를 한다. 도서관 서가를 산책하듯 거닐다 제목에 이끌려 펼쳤는데 주옥같은 책을 만났을 때의 행복감은 이루 말할 수가 없다. 많은 책 틈에서 보석을 발견한 느낌이다. 잘 알려지지 않은 좋은 책을 주변에 알릴 생각에 설레기도 한다. 이처럼 나는 책에 대한 호기심도 가득하다. 다양한 주제에 관심이 있는 만큼 책도 다방면으로 읽기 때문에 늘 여러 경로로 레이더를 켜 둔다.

나와 타인에 관한 관심, 내가 살아가는 일상에 관한 관심을 조금 더 키워 보자. 작은 관심이 호기심 스위치를 켤 수 있다. 호기심을 갖는 것만으로도 일상에 생기가 돌 수 있다. 생동감 있는 일상에 행복 지수는 올라갈 수밖에 없다.

12. 감동을 선물하자

감동이라는 단어가 주는 특별한 행복이 있다. 누군가를 위해 깜짝 선물을 준비할 때를 생각해 보자. 상대방이 좋아하는 모습을 상상하면 준비하는 시간 내내 즐겁다. 선물을 줄 때 감동하는 타인을 보면서 한 번 더 행복하다. 내가 타인에게 감동할 때도 마찬가지다. 그 순간뿐 아니라 시간이 흘러서도 추억 덕분에 미소 지을 때가 많다. 감동을 주거나 받는 일은 많을수록 좋다.

40대 중반에 이색적인 감동을 경험했다. 타인에게 감동을 선물하는 일, 타인에 의해 감동하는 일만 경험했던 터라 낯선 감정이었다. 그건 바로 내가 나한테 감동하는 일이었다. 의도했던 것이 아니었기에 감동을 넘어 울컥했다. 그 이야기를 지금부터 해 보려고 한다.

크리스마스 전날 다리 골절로 정형외과에 입원했다. 저녁 먹고 한가롭게 산책하다 일어난 일이라 황당했다. 한 치 앞을 모르는 게 인생이라는 말이 떠올랐다. 깁스하고 입원하는 게 난생처음이었다. 예정된 연말 일정을 모두 취소하고 우리 가족은 크리스마스도, 연말 연초도 모두 병원에서 보내게 되었다. 생각보다 입원 기간이 길었다. 12월에 들어간 병원을 2월 초에 목발 짚고 나왔다. 재활 치료까지 모두 마치고 나니 어느새 봄이 시작되고 있었다.

생활 운동을 하던 사람이 3개월 정도 쉬니깐 뚱뚱이가 되었다. 더군다나 병원에서는 삼시 세끼 식사가 나온다. 평소에는 두 끼만 먹었지만, 독한 정형외과 약 때문에 병원에서는 거를 수가 없었다. 신경 써서 음식 조절하고 절반씩만 먹어도 살이 쪘다. 걷는 것조차 못하니 체중이 늘어나는 게 당연했다. 퇴원하니 퇴원 기념 파티가 줄줄이 있었다. 외면하기 힘든 약속들이었다.

예약한 날짜에 병원을 다녀왔다. 이제 걷기와 가벼운 운동을 해도 된다고 했다. 바로 운동 의지가 샘 솟았다. 하지만, 무리하면 안 되니 걷기를 많이 하고 일상에서 활동량을 늘렸다. 식단 관리도 시작했다. 일반 음식을 멀리하고 건강 식단을 챙겼다. 먹는 양도 많이 줄였다. 두 끼 아니면 한 끼를 먹었다. 하지만, 관리하는 정성에 비하면 변화가 미비했다.

스피닝이 다이어트에 도움이 된다고 해서 바로 등록했다. 온통 관심사가 살 빼기에 꽂혔다. 그동안 여러 다이어트를 경험해 본 터라 관리하면 될 줄 알았는데, 생각보다 변화가 없었다. 아침에는 요가를 하고 저녁에는 스피닝을 탔다. 물론 식단 관리도 병행하면서 말이다. 저녁을 안 먹기 위해 가족들 저녁만 차려 주고 그 시간에 운동하러 갔다. 이렇게 3개월 정도 노력했을까? 체중은 입원 전으로 돌아왔는데, 여전히 체지방이 심하게 높았다. 도대체 뭘 뺀 건가 싶었다.

그러다 온라인 줌으로 운동하는 모임에 함께하게 되었다. 같이 운동하면서 100일 후에 프로필을 찍자는 목표까지 정했다. 대충이 아닌 제대로 해야 할 것 같았다. 체성분 분석기를 재면 늘 근육량은 평균 이하로 나온다. 기초 대사량이 낮다 보니 잘 찌는 체질이다. 하지만, 헬스를 안 좋아해서 한 번도 근력 운동을 해 본 적이 없었다. 마흔을 넘어가면 매년 근력이 감소하니 근력 운동이 필수라는 말도 들었기에 더는 미루면 안 될 것 같았다. 이번 기회에 제대로 입문해 보고자 PT 등록을 했다.

초반에 근육통으로 무지 고생했다. 수업할 때마다 고강도 해병대 캠프에 온 느낌이었다. PT 시작과 동시에 식단도 병행했다. 1,100칼로리 정도 되는 식단이었는데, 단조로웠다. 우유, 고구마, 달걀, 닭가슴살, 채소가 전부였다. 하루는 친정에서 맛있는 음식을 먹는 가족들 옆에서 혼자 준비한 도시락을 먹고 있었다. '그냥 일반식 먹고 안 먹었다고 하면 안 돼? 트레이너가 한 번쯤은 모르지 않을까?'라고 말하는 동생에게 바로 대답했다.

'네가 해 봐! PT가 얼마나 힘든데, 운동이 힘들어서라도 식단 꼭 지킬 거야. 그리고 PT가 얼마나 비싼 운동인지 알아? 비싼 돈 내고 했으면 이왕 하는 거 시키는 대로 제대로 해야지!'

운동은 차츰 적응되어 갔는데, 문제는 식단이었다. 도전하는 100일 기간에 여름 방학, 가족여행, 내 생일 주간, 추석 명절이 있었다. 가족여행 갈 때 음식을 두 종류로 준비했다. 내 도전 때문에 가족까지 힘들게 하고 싶지 않았다. 가족이 즐길 디저트, 백숙, 회 그리고 내가 먹어야 하는 고구마, 달걀, 닭가슴살을 챙겼다. 가족에게 요리해 주면서도 유혹을 잘 참았다. 방학 때도 마찬가지였다. 삼겹살도 구워 주고, 닭볶음과 돼지고기 볶음을 만들어 주었지만 나는 한 입도 먹지 않았다. 세 음식 모두 내가 사랑하는 음식임에도 말이다. 가족은 그런 내 모습을 보고 감탄했다. 나도 신기할 따름이었다.

가장 힘든 게 사람을 못 만나는 것이었다. 생일 주간의 모든 약속을

1년 뒤로 미루었다. 생일은 내년에도 오는 법이니 내년에 두 배로 축하 파티 하자고 했다. 그 외 만남은 도전이 끝나고 하자고 했다. 인내심 절정은 명절이었다. 친정집은 큰집이다 보니 명절 음식을 많이 한다. 엄마가 솜씨가 좋으셔서 모든 음식이 밥도둑이다. 전도 여러 종류를 부쳐서 먹을 게 많다. LA 갈비와 홍어 무침은 젓가락을 못 내려놓게 한다. 잡채 귀신이라는 별명이 있을 정도로 잡채를 좋아한다. 이 모든 음식을 하나도 먹지 않았다. 식구들 먹을 때 같이 있으면 먹고 싶을 것 같았다. 그래서 준비해 간 고구마와 달걀 두 개를 혼자서 먹고 식사를 미리 끝냈다. 식구들이 식사할 때 부지런히 음식을 날랐다. 술을 마실 때도 술과 안주를 부지런히 가져다주며 옆에 앉아 있는 시간을 줄였다. 태어나서 이런 모습은 처음 본다며 엄마도 놀라워했다.

두 번은 못 할 힘든 도전이었지만, 성실하게 했더니 좋은 결실을 얻었다. 30% 이상에서 시작한 체지방이 15%로 내려왔고 근력도 평균 중앙에 떡하니 자리 잡았다. 키 169cm에 난생처음 몸무게 앞자리에 4자를 보았다. 100일의 완주를 끝내고 시간을 돌아보면서 글을 쓰는데, 중간중간 울컥했다. 내 노력에 감동한 것이다. '나도 이럴 수 있는 사람이구나. 먹는 걸 너무 좋아하는 나임에도 이렇게까지 노력할 수 있는 사람이구나.' 세 달 넘게 노력한 시간과 정성들이 떠올라 뭉클했다.

이 작은 성취감으로 자존감이 올라갔다. 또 새로운 도전을 할 용기를 얻었다. 그 덕에 인생이 더 재미있어졌다. 나의 50대가 기대되고 어떻게 나이 들어갈지 설렜다. 내가 나에게 감동한 이 사건 덕분이다. 감동! 타인에게만 주지 말고, 타인에게만 기대하지 말고, 내가 나에게 감동을 선물해 보는 건 어떨까!

13. 존재 자체로 빛나길

쓸모없는 가시네였다. 죽어 버리라고 했다. 두 말을 20년 가까이 들으면서 컸다. 나도 모르게 세뇌가 되었고 고개를 숙이고 움츠린 아이로 자랐다. 자신감은 찾아 볼 수도 없고 자존감은 바닥을 뚫고 마이너스 상태였다. 그런 나도 쓸모 있는 사람이 될 계기가 있었다. 그 작은 변화는 대학생 된 이후 학생들을 가르치기 시작하면서 찾아왔다.

아이들 가르치는 일이 좋았다. 영어 문법과 수학 개념을 최대한 쉽게 알려 주려고 했다. 눈높이에 맞춰 논리적으로 설명하려고 노력했다. 학생들 입에서 이해되었다는 감탄사가 나오면 내 입꼬리가 저절로 올라갔다. 개념을 배운 후 확인 문제를 자신감 있게 풀어내는 모습을 보면 뿌듯했다. 학생들 공부 도와주는 일이 어두웠던 내 삶에 빛을 비추기 시작했다.

이과 심화반 수업은 매력적이었다. 한 타임 수업이 90분이었음에도 전혀 길다는 생각이 안 들었다. 난이도 있는 문제를 다루기 때문에 수업을 하는 나도, 수업에 참여하는 학생들도 재미있는 시간이었다. 야간에 이루어진 수업임에도 집중력이 장난 아니었다. 하나라도 놓칠까 칠판을 응시하는 눈들이 반짝였다. 감기 · 몸살에 걸렸을 때 심화반 수업을 한 적이 있다. 수업을 끝난 후에 신기하게 열도 내리고 감기가 말끔히 떨어져 나갔다.

수학을 가르치면서 수학이 더 좋아졌다. 더불어 가르치는 일이 천직이라고 생각했다. 수업을 통해 누군가에게 도움이 된다는 사실이 기뻤기 때문이다. 수업을 의뢰받을 때마다 누군가에게 필요한 존재라는 사실이 감사했다. 그 마음으로 젊은 날의 열정과 에너지를 가르치는 일에 쏟았다. 쓸모없는 가시네라는 말이 서서히 잊혔다.

"선생님 덕분에 수학 점수 올랐어요."
"수학에 자신감이 생겼어요."
"수학 100점 맞았어요."
"모의고사 점수 올랐어요."
"수능 1등급 나왔어요."
"수학 A+ 받았어요."

중학생부터 대학생까지 제자들의 기분 좋은 소식과 학부모들의 감사 인사는 가슴 벅참과 충만함을 선물해 줬다. 며칠 밥 안 먹어도 든든했다.

죽을 고비를 두 번 넘기고, 33년이라는 고통의 터널을 잘 버텨 왔다. 그랬더니 의심이 들 만큼 평온한 삶이 펼쳐졌다. 그 시점에 문득 떠오르는 이들이 있었다. 세상 어딘가에서 고통스러운 삶에 힘들어하고 있을 사람이었다. 누군지도 모르지만 그런 사람들에게 절대 삶을 포기하지 말라고 말하고 싶어졌다. 그 마음 덕분에 작가가 되었다.

역경과 고난 속에서 꿋꿋하게 잘 버티고 살아와 줘서 그리고 희망의 증거가 되어 줘서 고맙다는 독자의 글에 눈물이 핑 돌았다. 힘들었던 시간이 떠오르면서 독자가 나를 토닥토닥해 주는 것 같았다. 본인도 흙수저 출신인데 내 책을 읽고 용기를 내 보려고 한다는 젊은 친구의 메일을 받았다. 누군가에게 희망의 증거가 되었다는 사실에 감사했다. 삶을 포기하지 않기 잘했다.

『부자는 내가 정한다』를 쓸 때였다. 상처와 아픔에 대한 마지막 눈물이었다. 그 후로는 눈물 없이 말하지 못했던 상처에 관해서 덤덤하게 이야기할 수 있었다. 대신 강의를 듣는 수강생들이 울었다. 내 역경에 대한 측은지심도 있고, 본인의 묵은 상처가 생각나서 눈물을 흘렸을 것이다.

불만 불평이 일상이던 사람들에게도 경각심을 일으켰다. 본인들 힘든 것은 명함도 못 내밀겠다고 했다. 감사를 잊고 살던 사람들에게 삶에 대해 다시 생각할 계기를 만들어 주었다. 사람들이 내 강의를 통해 깨달음을 얻고, 변화하기 위해 노력하는 모습에 희열을 느낀다. 내가 강의를 사랑하는 이유다. 그래서 강의하면 할수록 에너지가 채워진다. 몸은 힘들지언정 마음은 더할 나위 없이 충만해진다.

사업체와 법인을 운영하면서 여러 분야의 사람을 도와줬다. 취준생인 20대들에게 수시로 진로 상담을 해 주었다. '존나 어렵네! 무슨 말인지 하나도 모르겠네!'라는 말이 귀에 거슬리면서도 여고생다운 귀여움에 오지랖을 발휘해서 수학 문제를 풀어 줬다. 과거에 수학 선생님이었던 것을 모르는 여고생들 얼굴에 함박웃음이 가득했다. 문제가 이해 갔다는 기쁨과 생판 모르는 사람이 수학 문제 푸는 모습이 신기해서 말이다. 임차인 중에 공사장에서 일하면서 혼자 사는 어르신이 있었다. 식사나 제대로 해 드실까 싶어 김장철에 김치를 조금이라도 챙겨 드렸다. 명절이나 연말이 되면 항상 감사 인사를 전해 오셨다. 누군가를 돕는다는 일은 언제나 기분 좋은 일이다.

어렵게 임신이 되었다. 아이 덕분에 엄마라는 이름을 선물받았다. 유아 시절 아이는 조건 없는 사랑이 무엇인지를 보여 주었다. 사람이 평생 할 효도는 세 살 때까지 다 한다는 말이 있는데, 그때 받은 행복을 무엇과 바꿀 수 있을까! 육아하면서 아이 덕분에 내적 불행도 마주하고 치유하게 되었다. 아이를 키우면서 처음 접하는 병명을 여러 번 들으면서 겸손을 더 깊이 배웠다. 아이는 선물 같은 존재였다. 그런 아이와 동행하는 것 또한 내 삶을 더욱 사랑하게 했다. 한 아이의 엄마로 존재할 수 있어 감사하다.

쓸모없는 년이라는 말을 질리도록 듣고 자랐다. 하지만 어른이 돼서 20년 동안 일하면서 쓸모 있는 사람이라는 것을 느꼈다. 누군가에게 도움이 된다는 것만으로도 살아갈 의지가 생겼다. 누구나 세상에 존재하는 이유가 있다. 또, 각자 위치에서 맡은 역할이 있다. 한 번쯤은 진지하게 각자가 지닌 존재 가치를 생각해 볼 필요가 있다. 여러분도 존재 자체가 선물이라는 것을 꼭 기억하길 바란다.

5장

카르페디엠 라이프

1. 환경을 선택하자

다시 태어나고 싶었다. 성인이 된 후에도 여전히 불행한 이번 생은 더는 희망이 없었다. 그랬던 내가 마흔 넘어 행복을 말하기 시작했다. 점차 행복 지수가 빠르게 올라갔다. 급기야는 '행복하지 않은 자, 유죄.'라는 말까지 떠올랐다. 내가 변한 것을 보면서 행복하지 않은 사람들을 도와주고 싶어졌다. 누구나 행복해질 수 있음을 알려 주고 싶었다. 앞에서도 말했지만, 행복은 선택이기 때문이다. 그리고 행복은 강도가 아니라 빈도이기 때문이다.

행복을 선택했다면 행복해질 수 있는 환경을 만들면 된다. 그러기 위해서는 먼저 나를 즐겁고, 신나고, 기쁘게 해 주는 것이 무엇인지 체크해 봐야 한다. 어떨 때 많이 웃고 행복해하는지 제대로 알아야 한다. 마음이 평온할 때는 언제인지 돌아봐야 한다. 온전히 초점을 나에게 맞추고 적어 보자.

가끔 나도 위 질문에 답을 적어 본다. 재미있는 책 읽을 때, 좋아하는 사람과 맛있는 음식을 먹을 때, 이른 아침 숲길을 고요히 걸을 때, 떠오르는 태양을 보며 가슴 벅차오를 때, 운동하며 땀을 흘릴 때, 감성에 푹 빠지게 하는 음악을 들을 때, 신나는 노래를 들으며 드라이브할 때, 이벤트나 선물을 준비할 때, 양도세 세금 낼 때, 정성스럽게 만든 음식을 가족이 맛있게 먹을 때, 상담을 통해 상대방이 성장하는 모습을 볼 때, 애써 집필한 책이 독자의 삶에 도움이 되었을 때, 호기심 발동한 것을 배울 때, 여러 종류의 글을 쓸 때, 나와의 만남이 타인의 삶에 변환점이 되었을 때, 꽃 선물을 위해 농원을 방문할 때, 매혹적인 커피 향을 맡을 때, 전신 마사지 받을 때, 아이의 해맑은 웃음……. 쓰다 보니 계속 생각난다. 쓰고 생각해 보는 것만으로 기분이 좋아지는 걸 보면 행복은 강도가 아니고 빈도라는 말이 맞는 것 같다.

행복할 수 있는 환경을 만들기 위해 노력했던 세 가지는 다음과 같다. 첫째, 일상 속에서 긍정이 자연스러운 환경을 만들면 된다. 까만 색깔로 기억되는 어린 시절을 기억에서 지우고 싶어 잊으려고 애썼다. 어둡고 우울한 나를 바꾸기 위해 일기를 쓸 때마다 긍정이라는 단어를 적었다. 긍정적인 사람이 되자고 다짐했다. 하지만, 10년이 지나도 나는 전혀 긍정적인 사람이 아니었다. 여전히 불안, 걱정, 우울, 눈물이 나와 함께했다.

마흔이 넘어서 차츰 변해 갔다. 긍정이라는 단어가 낯설지 않았다. 시간이 더해지니 어느 순간 단순 긍정을 넘어 초긍정적인 사람이 되어 갔다. 무한 긍정, 절대 긍정이 익숙했다. 이런 내 모습이 신기해서 이렇게 변한 이유를 생각해 보았다.

긍정적인 사람이 되자고 쓰기보다 환경을 바꾼 것이 제대로 통했다. 부정적인 사람을 멀리하기 시작했다. 만나고 함께 활동하는 사람을 긍정적인 사람들로 하나씩 채워 갔다. 그 속에서 놀았다. 긍정적인 사고에 도움이 되는 책을 과거보다 더 많이 읽었다. 부정적인 생각이 들면 인지되는 대로 바로 끊어 내려고 노력했다. 긍정 메시지를 필사하기도 하고 주문처럼 중얼거리기도 했다. 생각하고 말하고 행동하는 것을 긍정이라는 단어에 초점을 맞추려고 노력했다.

두 번째는 발전할 수 있는 환경에 나를 놓는 것이다. 몰랐던 것을 배우고, 새로운 것을 경험하는 즐거움이 크다는 것을 잘 알고 있다. 그래서 늘 배우는 것에는 열린 마음이다. 관심 가는 게 있으면 관련 분야의 책을 찾아보고, 전문가를 만나 물어보며 궁금증을 해결했다. 호기심을 앎의 기쁨으로 하나씩 바꿔 나갔다. 강의와 상담을 하면서부터는 배움의 즐거움이 더 커졌다. 배워서 남 도와주자는 생각으로 공부하기 때문이다.

어떤 문제에 직면했을 때도 마찬가지다. 예전 같으면 발만 동동 구르고 걱정에 압도당해서 부정 에너지를 끌어당겼을 것이다. 지금은 그렇지 않다. 어떻게든 잘 해결하고 비슷한 어려움에 놓인 사람을 도와주어야겠다고 생각한다. 왜 나한테 이런 일이 생겼냐고 투정 부리기보다는 또 새로운 배움의 기회를, 경험의 기회를 맞이했다고 생각했다. 그러면서 걱정은 하나도 도움이 안 된다는 것을 알고 더는 부정의 감정에 매몰되지 않게 되었다.

새로운 것을 배우고 새로운 경험을 하는 것만이 발전은 아니다. 어제보다 조금이라도 나아지기 위해 노력하는 모든 과정이 발전이다. 예를 들면 어제보다 팔굽혀펴기 하나 더 도전해 보는 것, 어제보다 아침 기상을 더 잘하는 것, 어제보다 영어 단어를 하나 더 외우는 것 등 좋은 습관을 만들어 가는 과정도 발전하는 환경이다. 이런 환경이 독자 여러분의 자존감을 올려 주고 행복한 삶의 밑거름을 만들어 줄 것이다.

세 번째는 에너지 좋은 사람들과 함께하는 환경을 선택하는 것이다. 에너지가 좋다는 사람은 어떤 사람들일까? 무한 긍정이 자연스러운 사람들이다. 바쁜 와중에도 배움에 열정적인 사람들이다. 태도 자체가 타인의 모범이 되는 부분이 많아 배울 점이 가득한 사람이다. 어려움에 직면했을 때 안 되는 핑계가 아니라 되는 이유를 찾는 사람들이다. 선한 에너지를 나누고 싶어 하는 이타적인 사람들이다. 더 많이 있겠지만, 에너지 좋은 사람과의 만남과 소통을 통해 배우고 성장할 수 있다.

행복을 선택했다면 각자의 일상을 점검해 보자. 평소에 하는 생각과 말이 긍정에 가까운지 부정에 가까운지, 똑같은 일상을 살고 있는지 배움을 통해 성장하고 발전하는 삶을 살고 있는지, 긍정적인 사람과 부정적인 사람 중 누구를 더 많이 만나고 소통하고 있는지 말이다. 부정 에너지는 줄여 가고 긍정 에너지는 늘려 갈 수 있도록 환경으로 서서히 바꿔 보자.

2. 관점을 바꾸자

20대 때 별명이 오뚝이였다. 칠전팔기를 경험하면서 생긴 별명이다. 실패를 반복할 때마다 울면서 신을 원망했다. 신세 한탄을 하고 팔자를 탓했다. 마음이 진정되고 나면 다시 신에게 기도했다. 잘되게 해 달라고, 좋은 결과가 있게 해 달라고 말이다. 그 당시 내가 할 수 있는 게 이런 것뿐이었다. 지금 생각해 보면 어디에도 주인 의식이 없다. 삶의 주인은 난데 말이다. 지금은 완전 다른 사람이 되어 있다. 그 비결은 관점을 바꾸고 생각을 변화시킨 노력 덕분이다.

김민식 PD의 책을 여러 권 읽었다. 그중에 가장 기억에 남는 단어가 2차 피해였다. 1차 피해로 인해 2차 피해까지 겪지 말자는 메시지였다. 가령 회사에서 상사한테 깨지면 기분이 안 좋다. 그 기분을 퇴근 후 집까지 가져와서 가족에게 화풀이하는 어리석음을 범하지 말자는 것이다. 뜨끔했다. 밖에서 안 좋았던 감정으로 인해 집에서 분란이 일어났던 적이 종종 있었기 때문이다. 가끔 2차 분란이 더 큰 상처를 남길 때도 있었다. 얼마나 어리석은 행동이었는지 책을 읽는 내내 반성했다. 처음 안 좋은 일은 어쩔 수 없다 쳐도 그에 따른 파장은 내 노력과 의지에 따라 피할 수 있음을 다시 되새겼다.

고객 센터 직원이 안내를 잘못해 준 바람에 준비한 서류가 무용지물이 되어 버렸다. 고객 센터 연결이 많은 인내를 요구하는지라 시도할 때마다 짜증이 쌓였다. 결국 시간은 시간대로 낭비하고 문제는 더 꼬인 상태가 되었다. 화가 났다. 퇴근한 남편은 눈치 없는 말들로 화를 부추겼다. 결국 화살이 남편에게 날아가려고 하던 차에 거실에 있는 책이 눈에 들어왔다. 멈췄다. 2차 피해자는 만들지 말자는 다짐이 떠올랐기 때문이다.

쉽지 않았다. 우선, 신발을 신고 밖으로 나왔다. 아파트 주변을 걸었다. 20분 정도 걷다 보니 마음이 한결 편해졌다. 좀 전에 멈춤을 선택하길 잘했다는 생각이 들었다. 관련 내용 책을 읽고 있어서 그나마 적용이 빨랐다. 시간이 흐르고 이 다짐이 희미해지면 예전 버릇이 나오기 마련이다. 그래서 의식적으로 연습을 해야 한다. 최초 불행이 다른 불행을 끌어오지 못하도록 말이다. 지금도 여전히 노력 중이다.

난생처음 깁스를 하고 병원에 입원했다. 정형외과에 3주 정도 있었다.

그 기간에 내가 진행하는 경제 인문학 독서 토론 일정이 있었다. 팀원 한 명이 '디엠님 입원했으니 내일 독서 토론은 쉬는 거지요?' 질문을 올렸다. 바로 답글을 달았다. '제가 입을 다친 게 아니라, 다리가 부러진 건데요?' 사실 질문이 올라오기 전부터 휠체어를 밀고 병원 구석구석을 돌아다녔다. 입원실은 다른 사람들에게 피해가 되니 병실 밖에서 진행할 공간을 찾고 다녔다.

다음 날 새벽 다섯 시 반에 휠체어로 올라탔다. 무릎에 노트북과 책을 올리고 조용히 병실을 빠져나왔다. 전날 미리 찾아 놓은 공간으로 가서 노트북을 켜고 줌을 열었다. 깁스한 다리로 휠체어에 앉아 있지만, 평소처럼 두 시간 동안 독서 토론을 신나서 진행했다. 이 에피소드 덕분에 함께하는 사람들에게 안 되는 이유가 아닌 할 수 있는 방법을 찾는 사람으로 인식이 되었다.

생각을 바꾸고 연습하는 것이 하나 더 있다. 그것은 어려운 일을 마주했을 때 나의 행동이다. 예전에는 벌어진 일에 매몰되어서 발만 동동 굴렀다. 걱정에 다른 일도 못 하고 두려움과 스트레스에 힘들어했다. 지금은 그렇지 않다. 안 좋은 일이 생기면 상황을 객관적으로 보려고 노력한다. 할 수 있는 일이 무엇인지 생각해 본다. 그리고 그것에 집중하려고 한다. 사실, 이게 말처럼 쉬운 일은 아니다. 이론으로는 알겠는데, 실제 상황에서는 마음대로 잘 안 된다. 마주한 고난이 클수록 더욱 어렵다.

작은 것부터 노력해 봤다. 계속 벌어진 일에 신경이 쓰였다. 의식적으로 정신을 중립으로 맞추려고 노력했다. 이 상황에서 할 수 있는 일이 무엇인지, 어떻게 하는 게 문제 해결이 도움이 되는지를 생각했다. 할 수 있는 일에만 집중하려고 애썼다. 작은 일부터 노력했더니 지금은 조금 익숙해졌다. 문제 해결을 위해 내가 할 수 있는 일은 없고 진행 상황을 기다려야 한다면 그날 해야 할 일, 예를 들면 책을 읽고 글을 쓰고 블로그 포스팅을 했다. 예전 같으면 걱정에 전전긍긍하며 하루를 그냥 보냈을 텐데, 놀라운 변화다.

행복한 삶을 원했다. 다시 태어나고 싶은 마음으로 삶을 바꾸고 싶었다. 이때 만난 단어가 감사였다. 감사 관련 이야기, 영상, 책 등을 접했다. 자연스럽게 감사 일기를 쓰게 되었다. 감사 일기를 꾸준히 쓰니 감사할 일이 늘어났다. 신기했다. 세 가지에서 시작한 감사 일기가 다섯 가지로 늘었다. 1년 넘게 꾸준히 쓰니 일곱 개가 되었고, 또 시간이 흘러 아홉 개까지 쓰게 되었다. 이쯤 되니 절대 감사라는 단어가 떠올랐다. 감사 일기가 무의미해지는 순간이었다. 죽고 싶다는 단어가 일기장에 30년 넘게 존재했던 사람인데, 매사 감사하는 습관을 장착했다. 이렇게 변한 덕분에 새로운 삶을 얻었다. 세상에 당연한 것은 없다. 매사 감사하는 마음을 가져 보자. 여러분 삶에 변화를 경험할 수 있다.

감정을 통제할 줄 알아야 평온한 마음을 유지할 수 있다. 그러기 위해서 현상을 바라보는 관점과 생각을 바꾸는 연습을 해야 한다. 이미 일어나는 일 자체는 내가 어떻게 할 수 없다. 다만, 그 일을 받아들이는 마음과 일을 해결하려는 자세는 선택할 수 있다. 문제 해결을 위해 내가 할 수 있는 일이 무엇인지 생각해 보고 그 일에만 집중해 보자. 내가 어떻게 할 수 없는 영역까지 침범해서 마음을 지옥으로 만들지 말자. 감정에 매몰되지 않도록 작은 일부터 연습해 보자. 하루아침에 되는 일이 아니니 내공이 단단해질 때까지 노력이 필요하다. 여전히 나도 내공을 다지는 중이다.

3. 행복을 기록하자

평화로운 마음을 유지하기 위해 관점을 바꾸는 일, 내가 원하는 삶을 살아가기 위해 환경을 선택하는 일 모두 행복 지수를 높이는 데 중요한 역할을 한다. 두 가지 방법으로 끌어 올린 행복 지수를 유지하는 방법이 있다. 행복이라는 감정이 일회성 혹은 휘발성 끝나지 않기 위해 여러 가지 기록을 권해 본다. 기록이 감정을 다스리는 데 도움이 된다. 기록을 통해 생각이 바뀌기도 한다. 그래서 행복을 기록하는 일은 여러 이유에서 꼭 필요하다.

앞에서 말한 감사 일기부터 언급하고 싶다. 감사 일기를 처음 쓸 때만 해도 세 가지씩 적는 게 쉽지 않았다. 의식적으로 노력해야 했다. 하지만, 감사한 일을 떠올려 보는 시간이 잠시나마 일상을 멈추고 하루를 돌아보게 했다. 어떤 날은 감사한 일이 술술 나오고, 또 어떤 날은 딱히 떠오르는 게 없어 시간이 오래 걸리기도 했다. 시간이 답이었다. 꾸준히 쓰다 보니 감사에 익숙해졌다.

사람들에게 감사 일기를 권하는 것은 감사하는 마음이 감사할 일을 더 많이 만들어 낸다는 사실 때문이다. 무료한 일상에 화색이 돌게 하고 싶다면, 현재 느끼는 에너지를 좀 더 긍정적으로 바꾸고 싶다면 감사 일기를 써 보자. 단, 며칠, 몇 달이 아닌 꾸준히 써야 한다. 몇 달 써 보고 '에~이! 특별히 달라지는 것도 없네!' 하면서 그만두지 않기를 바란다. 감사 일기 쓰는데 삶이 언제 달라지나에 초점을 맞추지 말고 감사 일기 속 내용에 집중해 보자. 세상을 보는 마음이 달라진다.

두 번째는 일기 쓰기다. '어린 시절 일기를 쓰지 않았다면 내가 지금 살아 있을 수 있을까!' 이 생각을 가끔 한다. 일기에 기대어 고난의 시절을 버텨 왔기에 일기는 나에게 특별하다. 어른이 되고 인생의 역할이 달라질 때도 일기는 늘 함께였다. 담임을 맡았을 때는 교단 일기, 아이를 키울 때는 육아 일기를 썼다. 40대에 감사 일기를 3년 넘게 쓴 덕에 절대 감사를 얻었다. 이 시점에 『아티스트 웨이』라는 책을 접하고 모닝 페이지를 도전해 보게 되었다. 일기의 또 다른 버전이었다. 생각을 쏟아 내고 마음을 읽는 시간이기에 지금까지도 실천하고 있다. 생각을 정리하고 마음을 평온하게 유지하는 데 확실히 도움이 되었다. 여러분도 단 몇 줄이라도 매일 꾸준하게 써 보자. 삶이 정돈된다는 것을 느낄 수 있을 것이다.

SNS를 한다면 블로그 글쓰기를 추천하고 싶다. 새로운 SNS가 계속 생겨나서 페북, 유튜브, 트위터, 인스타, 스레드, 숏츠 등 다양하다. 본인에게 잘 맞는 SNS를 하면 되는데, 그 베이스에 블로그를 두는 것도 좋다. 나에게 블로그는 온라인에 삶의 발자취를 남기는 곳이다. 활동하는 내용을 블로그에 기록하고 있다. 배움, 만남, 여행, 생각, 서평, 강의 후기, 도전 등 성장 이야깃거리가 담겨 있다. 그냥 지나치기 쉬운 순간, 기록을 통해 의미를 부여하고 있다.

블로그 포스팅을 오랫동안 했더니 추억 앨범이 되었다. 특히, 사진과 글로 만나는 아이 유아 시절은 큰 웃음을 선사했다. 태어나 짜장면을 처음 먹을 때 입 주변은 물론이고 옷까지 난리가 났던 모습, 순수한 동심에서만 볼 수 있던 귀여운 행동과 해맑은 웃음을 보고 있으면 절로 엄마 미소가 나온다. 아이다운 표현에 감탄해서 기록했던 어록들은 지금 봐도 재미있다. 육아 일기, 성장 일기 덕분에 가족 모두가 언제든 추억 여행을 다녀올 수 있어서 발자취를 남기기 잘한 것 같다.

블로그에 글이 쌓인 덕분에 집필을 계속할 수 있다. 지금 쓰고 있는 이 책도 마찬가지다. 행복은 강도가 아닌 빈도라는 글을 계속 써 왔기 때문에 다섯 번째 책 주제로 정할 수 있었다. 에피소드 관련 포스팅이 있으면 한번 다시 읽어 본다. 확실히 더 생생한 글이 탄생한다. 또, 과거 경험이나 기억이 약간 헷갈릴 때도 있다. 그때는 블로그를 통해 사실 확인을 한다. 그때마다 기억을 믿지 말고 기록을 믿자는 말을 한 번 더 생각하게 된다.

블로그를 하는 덕분에 다양한 활동도 할 수 있다. 블로그를 통해 책 출간 소식을 전한다. 출간 이벤트도 블로그에서 한다. 경제 인문학, 경제적 자유를 위한 정규 강의, 라이프 리모델링 상담, 경제 독립 교육 독립 등에 대한 소식을 블로그를 통해서 전하고 있다. 이럴 땐 블로그가 온라인 활동 무대이고 독자, 수강생들과 소통할 수 있는 창구이기도 하다.

지인과 맛집에 갔을 때 음식이 나오면 카메라부터 켠다. 사람들을 초대해 파티할 때도 음식이 차려지면 스마트폰부터 꺼낸다. 사람들은 익숙한 듯 내가 음식 사진을 다 찍을 때까지 기다려 준다. 얼마 전, 스마트폰에 저장된 사진을 살펴본 적이 있다. 2년 전부터 찍은 음식 사진이 고스란히 저장되어 있다. 가족과 제주도에 가서 갈치조림을 먹었던 사진, 고등학교 동창들과 브런치 카페에 가서 대표 메뉴를 모두 맛보던 사진, 함께 글 쓰는 동료 작가들과 우연히 만나 저녁을 먹으면서 이런저런 이야기를 나눴던 사진…… 그렇다. 사진은 SNS에 올리기 위해 찍는 것만이 아니었다. 사진 속에는 사람이 있었고 음식이 있었고 추억이 있었고 기쁨과 눈물이 있었다. 사진을 찍는다는 건, 행복을 쌓는 일이다.

꾸준히 쓰는 글이 하나 더 있는데 그건 바로 독서 서평이다. 이 과정에는 두 가지 가치가 존재한다. 독서를 통해 얻는 깨달음, 서평 쓰기를 통해 책에서 배운 것을 내 것으로 만드는 변화다. 그래서 읽고 쓰는 삶 또한 행복을 기록하는 일이다. 책은 읽고, 생각하고, 쓰고, 나누는 네 가지의 과정을 통해 완전하게 체득된다고 생각한다. 읽고 쓰는 삶과 조금씩 친해져 보길 강력하게 추천한다.

4. 비우고 또 비우자

행복해지고 싶다면 가벼워져라. 가벼워지기 위해 비우는 연습을 해 보자. 여기까지 들었을 때 어떤 느낌이 드는가? 행복해지려면 더 채워야 하는데, 비우라고 하니 혹시 가난해지는 느낌이 드는가! 비우고 버리면 파이가 줄어들 것 같은데 실제 경험해 보니 그렇지 않았다. 지금부터 비우면서 더 풍요로워지는 이야기를 하나씩 해 볼까 한다.

소식이 건강에 좋다는 것은 누구나 아는 사실이다. 하지만, 실천은 매우 어렵다. 배불리 먹었을 때 포만감이 주는 행복감이 있기 때문이다. 자연에서 나는 음식, 신선한 재료로 만든 음식을 먹으면 건강에 좋다는 것을 누구나 알지만, 꾸준히 지속하기는 쉽지 않다. 피자, 파스타, 치킨, 숯불구이 등 맛있는 음식을 먹었을 때의 행복감이 크기 때문이다.

하지만, 한 번 더 생각해 보자. 잠깐 행복할 것인가, 오래 행복할 것인가! 다양한 음식을 배불리 먹고, 늘 우리를 유혹하는 음식을 먹으면 순간은 크게 행복할 것이다. 하지만, 과식과 건강에 그다지 좋지 않은 대중 음식 때문에 행복이 지속되기 어렵다. 그런 생활 습관을 유지한다면 살이 찔 것이다. 그러면 스트레스를 받게 된다. 몸에 독소가 쌓이다 보면 나이가 들수록 아픈 곳이 늘어갈 수밖에 없다. 결국 건강한 노년을 보낼 수 없으므로 오래 행복할 수가 없는 것이다.

건강을 위해 식단 관리와 운동 두 가지 모두를 챙기자. 적게 먹을수록, 샐러드 같은 자연 음식을 가까이할수록 몸은 가뿐해질 것이다. 운동을 통해 체지방을 덜어 내야 한다. 적정한 체지방을 유지하는 것만으로도 건강에 도움이 된다. 비워진 체지방 자리를 근육으로 채운다면 탄력 있는 몸을 갖게 될 것이다.

건강한 노후를 위해 유산소와 근력 운동을 병행하고 있다. 약속이 있을 때는 일반 음식을 먹기 때문에 평소에라도 식단 관리를 하려고 매번 노력한다. 간헐적 단식을 실천하려고 식사 시간을 체크한다. 몸에 대한 선물로 3일 단식을 1년에 두 번 정도 실천하고 있다. 건강 분야 도서, 건강에 관한 뉴스, 건강 방송 등을 가까이한다. 긍정적인 자극 덕분에 며칠간이라도 운동과 식단 관리에 힘을 받게 된다.

돈이 많을수록 행복할까? 나는 그렇게 생각하지 않는다. 어느 정도 돈은 행복한 삶을 위해 꼭 필요하지만, 많은 돈이 행복을 보장하는 것은 아니다. 감당 안 되는 돈이 오히려 독이 되는 경우도 많다. 로또에 당첨된 사람들 끝이 안 좋은 사례만 보더라도 알 수 있다. 나 역시도 마흔 살에 은퇴를 선물한 것을 지금도 매우 잘한 일로 여기고 있다. 돈 버는 일보다 내가 가치 있고 의미 있는 일에 에너지와 시간을 쓰고 있기 때문이다. 자산은 덜 늘어났을지 몰라도 행복 지수는 올라갔고 삶은 더 충만해졌다.

김형석 교수님의 『백 년을 살아보니』를 보면 '돈은 그 사람 그릇에 맞게 주어질 때 행복할 수 있다.'라는 내용이 있다. 부족하지 않고 과하지 않은 돈이 각자의 삶을 편안하게 해 줄 것 같다는 생각이 들었다. 또, 부자가 되고 싶다면 돈을 담을 수 있는 부의 그릇을 단단하게 키우는 것이 중요하다. 돈보다 더 중요한 그 너머를 볼 수 있도록 돈에 대한 집착, 물질에 대한 탐욕을 비우는 연습도 필요하다. 우리는 늘 물질에 대한 욕구를 자극하고 탐욕을 불러일으키는 자본주의에 살고 있기 때문이다.

살면서 어려운 점을 꼽으라고 하면 관계라는 단어가 빠지지 않는다. 사람 공부, 관계에 대한 경험과 깨달음은 끝이 없다. 매번 '이번에 많이 배웠다. 제대로 깨달았다.' 하지만 새로운 사람을 만나고 다른 환경에 놓이면 처음 겪는 일이 또 생긴다. 사람 공부는 평생 해야 하는 것 같다.

사람을 좋아하는 만큼 상처도 많이 받는다. 난로 관계가 건강한 관계임을 살면서 깨달았다. 막상 현실에서는 실천이 잘 안 되지만 난로를 기억하려고 노력한다. 동시에 관계 또한 비워 내는 연습이 필요하다는 것을 알았다. 그래서 끝난 인연 대한 상처와 미련을 수시로 비워 내려고 한다. 비워진 자리는 새로운 인연으로 채워진다는 것을 무수히 경험한 덕분이다. 관계에 힘들어하지 않기 위해 사람에 대한 마음 또한 편하게 하려고 노력하며 살아가고 있다.

나는 원래 심각하게 소심한 사람이었다. 걱정이 많았다. 머릿속은 쓸데없는 생각으로 가득했다. 긍정보다는 부정이 많다 보니 발전이 없었다. 4년 전부터 혼자 생각하는 시간을 하루 루틴으로 넣었다. 이때부터 생각을 관리하는 연습을 했다. 사는 대로 생각하기보다는 생각대로 살고 싶었기 때문이다. 더는 부정의 생각이 머릿속을 지배하도록 놔두고 싶지 않았다. 차츰 발전하여 작년부터 본격적으로 사색 시간을 만들었다. 이른 아침에 숲길을 걸으며 생각 정리를 하고 걷기 명상을 하는 시간이었다. 머릿속이 그렇게 개운할 수가 없다. 전날 있었던 일 때문에 생긴 불편한 마음도 숲에서 내려올 때는 희미해진다. 하루 루틴 중 가장 소중하게 여기는 시간이 되었다. 불필요한 생각을 비우고 머릿속을 정리하는 실천, 꼭 해 보길 바란다.

미니멀 라이프 10분 실천하기를 놀이처럼 즐긴다. 하루는 세탁실 선반, 오늘은 주방 가스레인지 위쪽 싱크대, 오늘은 거실 책장 등 이렇게 정해서 불필요한 물건을 골라낸다. 오랫동안 쓰지 않아 잠들어 있는 물건들이 정리 대상이다. 쓰레기통에 넣고 나면 안 좋은 기운이 제거된 것 같아 후련하다. 깔끔히 정리된 장소를 보면 얼마나 개운한지 모른다. 이 놀이를 꾸준히 하는 이유다. 덕분에 우리 집에는 짐이 별로 없다. 공간의 여백이 많다. 공간의 여유로움이 풍요로움을 느끼게 한다. 희한하지만 사실이다.

정크 푸드, 과식, 물질에 대한 무한한 욕망, 에너지를 고갈시키는 사람들, 부정 에너지를 심어 주는 생각들, 불필요한 생활 짐, 모두 꾸준히 덜어 내자. 안 좋은 것을 덜어 낼수록 삶은 달라진다. 나에게 찾아오는 에너지가 달라지기 때문에 삶이 변할 수밖에 없다. 진짜 행복해지고 싶다면 비워 내는 연습을 많이 하자. 그곳에 좋은 에너지가 가득 채워질 수 있도록 말이다. 그러면 누구나 행복한 삶을 누릴 수 있다.

5. 오늘을 선물하자

초창기 온라인상 닉네임은 카르페디엠이었다. '지금, 이 순간에 충실하라.', '현재 순간을 잡아라.'라는 뜻의 라틴어다. 영화 〈죽은 시인의 사회〉를 통해 우리에게 익숙해진 단어다. 현재에 충실하고 최선을 다하고 싶은 바람을 담아 닉네임을 카르페디엠으로 정했다.

사실, 나는 정반대의 사람이었다. 과거 상처와 아픔에 발목 잡혀 있었다. 스무 살 성인이 되면서 과거에 대한 기억을 잊으려고만 했다. 의식은 그렇다고 쳐도 무의식은 맘대로 안 되었다. 상처들이 곳곳에 박혀 있어 수시로 나를 괴롭혔다. 내가 할 수 있는 유일한 일은 외면이었다. 그러다 보니 문제가 생길 때마다 과거로 돌아갔다. 미래에 대한 걱정은 물론이고 벌어진 일에 대해서도 꼬리 물기 걱정을 했다. 과거에 집착하고 미래에 불안해하는 어리석음을 끊어 내고 싶었다. 그러기 위해 오늘을 살기로 했다.

행복은 강도가 아니라 빈도라는 것을 깨닫고 실천한 내용은 모두 이 순간에 충실하기 위한 것이었다. 긍정적인 환경에 나를 놓음으로써 무한 긍정의 소유자가 되는 것, 일상의 아름다움을 느끼기 위해 오감을 자극하는 일, 호기심을 가지고 세상을 바라보고 작은 도전이라도 시작해서 기회를 하나씩 만들어 가는 일, 에너지 좋은 사람들과 소통하고 사랑하는 사람들과 함께하는 순간에 집중하는 일, 당연한 것은 하나도 없다는 생각으로 감사한 마음으로 살아가는 것 등이 카르페디엠 라이프다.

인생 책으로 꼽는 것 중 하나가 박웅현 작가의『여덟 단어』다. 그 책을 읽은 사람만이 통하는 말이 있다. 그건 바로 개처럼 살자. 딱, 카르페디엠이었다.

"개는 밥을 먹으면서 어제의 공놀이를 후회하지 않고 잠을 자면서 내일의 꼬리 치기를 미리 걱정하지 않는다."

현재 내가 하는 일에 집중하는 정도가 아니라 그것만 생각하고 최선을 다하는 태도. 어떻게 보면 개처럼 사는 것이 잡다한 생각들로 복잡한 머릿속을 단순화시키는 방법일 수 있다. 그리고 그 순간을 행복하게 보내기 위한 현명한 노력일 수 있다. 개처럼 살기 위해 즉, 카르페디엠 라이프를 실천하기 위해 생각을 단순하게 할 필요가 있다.

내가 노력하는 것 중 하나가 일희일비하지 않기다. 현재 벌어진 일이 좋은 일인지, 나쁜 일인지는 더 지나 봐야 아는 경우가 많다. 현재 웃었던 일이 나중에 안 좋은 일로, 현재 울었던 일이 나중에 좋은 일로 얼마든지 바뀌어서 올 수 있다. 또 어떤 선택이든 100% 좋으면서 옳은 선택은 없다. 갈림길에 섰을 때 좀 더 나은 쪽으로, 좀 더 좋은 쪽으로 선택할 뿐이다. 그리고 그 선택이 옳은 선택이 될 수 있도록 최선을 다하는 과정이 중요하다.

오늘을 살기 위한 다른 노력은 심플라이프 실천이다. 한 번뿐인 소중한 인생이기 때문에 최선을 다해 살고 싶다. 사실 주위에서 모두가 인정할 정도로 그렇게 살고 있다. 다만, 열심히는 살되, 바쁘게 살고 싶지는 않다. 시간 부자로 여유롭게 살길 원한다. 그렇게 하려면 삶을 단순하게 만들 필요가 있다.

심플라이프는 단순함의 아름다움을 즐기는 일이다. 단순함, 규칙적인 삶 그리고 복잡함으로부터의 해방을 추구한다. 현대 사회는 물질적 풍족함과 복잡함이 우리의 삶을 둘러싸고 있다. 자칫 중심을 잃고 타인의 삶을 살기 쉽다. 자신의 삶을 지키기 위해서라도 심플라이프는 중요하다. 심플라이프를 통해 우리의 삶을 단순하게 만들면서 중요한 가치는 더욱 강조할 수 있다. 균형 잡힌 삶을 통해 평온한 삶을 누릴 수 있다.

복잡한 일정과 과다한 물질적 욕망은 스트레스의 주요 원인 중 하나다. 심플라이프를 추구하면 불필요한 스트레스를 감소시키고 정신적 안정을 찾을 수 있다. 또한, 시간과 에너지를 더 많이 확보할 수 있어서 좋다. 물질적 풍족함보다는 내면적인 가치에 더 집중하다 보니 자연스럽게 자신의 삶에 더 집중하게 된다. 내가 삶을 단순하게 만들려고 애쓰는 이유 중 하나다.

작은 행복이든, 큰 행복이든 수많은 오늘이 모여 행복한 삶이 된다. 그래서 오늘 하루를 잘 살아 내는 것에 집중하는 것이 중요하다. 오늘을 살아가기 위한 실천 몇 가지를 이야기하면 다음과 같다.

첫째, 과거나 미래에 대한 과도한 걱정을 피해야 한다. 과거의 실수나 미래의 불안은 우리를 무력감과 스트레스로 가득 채울 수 있다. 오늘을 최대한 즐기고 활용하기 위해서는 현재 순간에 집중하는 연습이 필요하다. 둘째, 목표를 가지고 행동해야 한다. 목표를 설정하고 그 목표를 달성하기 위한 계획을 세우면, 하루를 보다 의미 있게 보낼 수 있다. 목표를 가지고 노력하는 과정에서 보람을 느낄 수 있다. 셋째, 좋은 환경을 만들고 소중한 인연들을 중요하게 생각하자. 다른 사람에게 도움을 주고 받으며 더 의미 있는 하루를 보낼 수 있다. 넷째, 감사의 마음을 가지는 것은 무조건이다. 우리의 삶에는 감사할 것들이 항상 있다. 이를 느끼고 표현하는 습관을 지니면, 더 행복하고 만족스러운 하루를 보낼 수 있다.

더는 과거와 미래 때문에 현재의 행복을 놓치지 않길 바란다. 미래를 준비하면서도 현재에 얼마든지 행복할 수 있다. 행복한 인생을 위해서는 오늘을 잘 사는 것에 집중해야 한다는 사실, 꼭 기억했으면 좋겠다. 현재 행복하기 위해 카르페디엠과 심플라이프를 우선 실천해 보자.

6. 나로서 살아가자

『부자는 내가 정한다』에 사인 요청을 하면 다음과 같이 적어 드렸다.

"내 삶의 주인으로 경제 자유, 시간 자유 꼭 이루세요. Carpe Diem 드림." 특히, '내 삶의 주인으로' 글자를 쓸 때 기분이 묘했다. 나에게도 의미 있는 말이기 때문이다.

콩나물과 시금치나물을 준비했다. 고추장 양념으로 오이무침도 만들었다. 국도 다 거의 끓어서 점심 준비가 다 되었다. 가게에 식사하라고 말했다. 아빠와 직원들이 들어왔다. 식사를 시작하는데, 엄마는 안 들어오셨다. 사무실에 계셨다. 표정이 굳어 있었다. 엄마한테 가고 싶지 않았다. 하지만, 식사를 챙기지 않으면 나중에 혼날 게 뻔했기 때문에 사무실로 나갔다. 엄마 눈치를 보면서 조심스럽게 식사하시라고 했다. 그랬더니 바로 욕설이 날라 왔다. '네년 같으면 지금 밥이 목구멍에 넘어가겠냐?' 이것을 예상했기 때문에 안 하고 싶었지만, 또 안 챙기면 안 챙겼다고 뭐라고 하니 힘들었다. 매사 엄마 눈치를 보는 게 일상이었다.

초등학교 때 학교가 끝나고 집에 오면 엄마 기분부터 확인해야 했다. 엄마 화풀이 대상이었기 때문에 엄마의 감정 상태가 나에게는 제일 중요했다. 엄마 기분이 좋으면 아무 일 없이 지낼 수 있다. 엄마의 심기가 불편하거나 화가 나면 불똥이 나에게 튀기 때문에 긴장했다. 자연스레 나는 눈치 보는 게 익숙한 사람이 되었다.

눈치를 보고 하루를 버티면서 살아가다 보니 나라는 존재는 없었다. 아빠 사업장에 아무 일 없기를, 오빠가 공부를 열심히 해서 엄마를 기분 좋게 해 주기를, 장사가 잘돼서 돈 때문에 엄마, 아빠가 싸우는 일이 없기를, 엄마를 화나게 하는 사람이 없기를 맨날 기도했다. 기도 속에 나는 없었다. 그저 우리 집이 평온했으면 좋겠고, 엄마가 화가 안 났으면 좋겠다는 바람만 가득했다.

성인이 돼서도 환경은 크게 달라지지 않았다. 자존감도 바닥이고 자신감도 전혀 없다 보니 무슨 일이 있을 때마다 타인의 눈치를 봤다. 무슨 문제가 생기면 시끄러워지는 게 싫어서 참는 것을 택했다. 억울하더라도 문제가 커져서 주목받는 게 더 싫었다.

내 생각과 의견을 말하는 것에 완전 꽝이었다. 자랄 때 의견을 말해 본 기억이 없다. 어쩌다 한마디 하면 말대답한다고 욕을 들어야 했기 때문에 입을 닫았다. 사실, 엄마가 공포의 대상이었기 때문에 말할 엄두도 안 났다. 그러니 무슨 내 생각이 있었겠는가!

30대 중반에 비로소 치유를 경험했다. 난생처음 나를 보았다. 존재에 대해 처음으로 생각해 봤다. 시작부터 쉽지 않은 시간이었다. 깊은 상처와 아픔을 마주하는 일, 지하실에서 헤매고 있는 자존감, 땅바닥에 떨어진 자신감 등 인지할수록 고통스러웠다. 아프면 아프다, 슬프면 슬프다 말 한마디 제대로 못 하는 나를 보는 게 힘들었다. 하지만, 치유하는 과정을 거치면서 달라지기 시작했다.

거울 앞에 섰다. 거울 속의 나를 안아 주며 애썼다고 토닥토닥해 줬다. 다른 사람이 해 주는 격려와 응원도 중요하겠지만, 내가 해 주는 것 또한 큰 힘이 된다는 것을 처음 알았다. 자라면서 한 번도 듣지 못했던 사랑이라는 말을 내가 해 주기 시작했다. 처음에는 쑥스럽고 어색해서 많은 용기가 필요했다. 하지만 계속했더니 나의 응원과 격려에 정말 힘이 났다.

치유, 명상, 마음공부 관련 책도 읽고 하나씩 실천해 봤다. 무조건 참거나 회피보다는 마음 상태를 살폈다. 현재 내 기분이 어떠한지, 왜 화가 났는지, 바라는 점이 어떤 것인지……. 대화를 이어 갔다. 묻고 대답하면서 엉킨 실타래가 하나씩 풀리는 듯했다. 이런 시간이 충분할수록 힘들었던 일이 상처로 남지 않았다. 감정에 매몰되는 경우보다 관찰자로 감정을 바라보는 횟수가 많아졌다. 이런 연습이 쌓여서 마음의 평온을 유지하는 데 도움이 되었다.

자존감이 회복되니 나를 챙기는 일이 어색하지 않았다. 나에게 응원과 지지를 보내는 게 당연한 일이 되었다. 예전에는 무조건 양보하고 참는 게 능사였기 때문에 타인에게 맞추기 급급했다. 지금은 그렇지 않다. 무언가를 결정할 때 내 입장도 고려해서 서로에게 좋은 방향으로 선택하려고 한다. 감정 상태도 고려해서 마음이 평온할 수 있는 선택을 한다.

삶의 주인은 나라는 것을 깨달았다. 과연 나는 그렇게 살고 있는지 자문하지 않을 수 없었다. 그렇지 못한 모습이 더 많다는 것을 알았다. 하나씩 고쳐 보기로 했다. 주어진 24시간을 내 통제하에 쓰고 있는지 점검했다. 시간뿐만 아니라 소비, 감정, 생각 이 모든 것에 주인으로 살아가고 있는지 체크했다. 작은 영역부터 내가 선택하고 책임지는 연습을 했다. 책임이라는 단어는 처음에는 무겁게 느껴졌는데, 경험치가 쌓이니 오히려 든든했다. 주도권을 갖겠다는 의미이기 때문이다.

자신을 사랑하라는 말을 많이 들어 봤을 것이다. 나를 사랑한다는 것은 삶의 주인으로 살겠다는 의미이기도 하다. 적어도 내 삶에서는 내가 우선이 되어야 한다. 타인을 위한, 타인에 의한, 타인의 삶을 살지 말고 온전히 나로서 살아가자. 한 번뿐인 소중한 삶을 위해서 말이다.

7. 가슴을 뛰게 하자

마흔이 되었다. 약속대로 나에게 은퇴를 선물했다. 덕분에 자유인이 되었다. 더할 나위 없이 치열하게 살아온 삶을 돌아보며 자유를 만끽했다. 동시에 질문 하나를 품고 지냈다. 우리 인생을 80년이라고 생각했을 때 인생 전반전은 가슴 뛰는 삶을 후회 없이 살았다. 나머지 후반전에는 또 무엇으로 가슴 뛰는 삶을 살 것인가! 돈 버는 것 말고 의미 있고 가치 있는 일을 하고 싶었다.

재능 기부가 먼저 떠올랐다. 그 삶도 괜찮을 것 같았는데, 뭔가 불편함이 느껴졌다. 나눌 재능이 없었기 때문이었다. 그러면서 이참에 나에 대해서 제대로 알아보기로 했다. 무엇을 좋아하고 싫어하는지, 어떤 강점이 있는지, 어떤 때 행복해하고 즐거워하는지 알고 싶어졌다. 그때부터 여러 배움과 경험을 통해 나를 알아가는 시간을 가졌다. 인생 후반전도 가슴 뛰는 삶을 살기 위한 노력이었다.

비록 새로운 재능을 발견하지는 못했지만, 내가 무슨 일을 할 때 제일 행복해하고 빛이 나는지를 깨닫게 되었다. 학생들을 상담하고 가르치는 일이 나에게는 행복한 일이었다. 상담할 때 학부모님이 내 말에 초집중하면서 빨려 들어오는 게 느껴졌다. 상담이 나에게는 강점이었다. 인생 후반전에도 이 강점을 살려 보기로 했다. 다만, 대상이 달라졌을 뿐이다. 도움이 필요한 성인들을 상담하고 성장할 수 있도록 돕는 일을 해야겠다고 결심했다. 나와 타인이 함께 성장하는 일, 생각만으로도 가슴이 뛰었다.

역시 그랬다. 과거의 나처럼 고통 속에서 살아가는 이들, 나 같은 흙수저 출신들에게 용기와 희망을 주기 위해 첫 번째 책을 썼다. 아침에 메일함을 열어 '작가님 책 읽고 저도 포기하지 않으려고요.', '저도 흙수저 출신인데, 작가님 이야기 보면서 저도 도전해 보려고요.' 이런 글을 읽으면 그날 하루는 밥 안 먹도 배부르다. 가치 있는 일을 한 것 같아 얼마나 뿌듯한지 모른다.

강의를 끝내고 주차장으로 가기 위해 엘리베이터를 탔다. 수강생 한 명도 함께였다. 그런데 갑자기 그 수강생이 이렇게 말하는 것이었다. '작가님! 책만 읽었을 때는 작가님이 대단하다는 생각이 들었고, 작가님이니깐 했겠지, 했는데요. 오늘 강의 들어 보니깐 저도 할 수 있을 것 같아요.'

반짝거리는 눈으로 말하는 그녀를 보니 강의한 보람이 수직상승 했다. 단 한 사람의 삶에라도 도움이 될 수 있다면 값진 일이라고 생각한다.

여러분은 어떨 때 가슴이 뛰는가? 현재 하는 일, 인생 2막을 준비하는 일, 새로운 분야를 배우는 일, 노후를 위해 유망한 자격증을 따는 일 등 다양하게 있을 것이다. 나의 경우는 성장을 위해 새로운 것을 배울 때 신난다. 어떤 목표를 설정하고 도전하는 것 또한 가슴을 뛰게 한다.

요즘 온라인 명함을 위해 SNS 활동을 열심히 하고 있다. 베스트셀러 작가인 부아C는 따뜻한 통찰 이야기로 유명한 블로거다. 그가 만든 더 퍼스트에서 함께하면서 블로그, 스레드, 트위터까지 부지런히 배우면서 키우고 있다. 과거에는 SNS를 시간 낭비라고 생각했지만, 지금은 생각이 완전히 바뀌었다. 생산자의 관점으로 바라보니 SNS가 더는 시간 낭비가 아니었다. 더 잘하고 싶어서 계속 공부를 하게 된다. 몰랐던 사실을 하나씩 알아 가는 재미가 쏠쏠하다.

처음 하는 분야이다 보니 열심히 해도 성장 속도가 거북이처럼 느렸다. 블로그 포스팅 하나 하는 것도 오래 걸렸다. 그래도 계속하니 속도가 조금 났다. 1일 1포가 익숙해질 때쯤 1일 2포를 도전했다. 처음에는 버벅

대지만, 반복하다 보면 또 익숙해질 것이다. 그걸 잘 알기 때문에 고생을 자처한다. 이도 익숙해지니 당연히 1일 3포를 도전했다. 이렇게 나만의 속도로 조금씩 성장해 갔다. 비록 작은 성장이지만, 처음보다 많이 나아진 모습에 재미있게 하고 있다. 더 퍼스트 활동을 하면서 SNS를 키워 가는 노력이 가슴을 뛰게 한다.

작년 여름부터 가족들과 일주일 한 번씩 테니스를 배우기 시작했다. 배드민턴보다는 힘든데, 테니스만의 매력이 있어서 재미있게 배우고 있다. 적당히 숨 차는 것도 좋고 무엇보다 움직인 것에 비해 땀이 많이 흐르니 기분이 좋았다. 기본 동작 연습이 끝나고 공을 다시 대형 바구니에 담는데, 그 일조차도 적성에 맞는지 즐겁다. 한동안 매주 토요일을 기다리게 되었다. 당시에는 테니스가 일상의 활력소였다.

달리기 회원 중 몇 명과 하와이 풀코스 이야기가 오갔다. 그냥 농담으로 하는 이야기가 아니었다. 뭔가 하자고 말이 나오면 반드시 추진하고 목표 달성을 하는 사람들이기 때문에 진지했다. 2024년 12월 하와이에서 풀코스 뛰자는 새로운 도전! 달리기는 잘 못 하지만, 그래도 이것을 생각하고 구체적인 계획을 세우는 것만으로도 신났다.

혹시 아침에 눈을 떴을 때 설렌 적이 있는지 생각해 보자. 블로그에서 이에 관련된 글을 읽고 나도 기상 시간을 되돌아봤다. 물론 늦은 봄, 여름, 가을까지는 설레서 일어났다. 새벽 공기를 마시러 산에 가는 일이 나를 설렘으로 눈뜨게 했다. 날씨가 추워져서 산에 못 갈 때는 설레게 하는 또 다른 일을 찾기로 했다. 이 글을 쓸 당시에는 블로그 포스팅, 트위터, 스레드 올리는 일이 가장 큰 관심사였기 때문에 그것을 모닝 루틴으로 넣었다. 내가 SNS에 정성을 담을수록 아침 기상이 기다려지기 시작했다.

현재 가슴 뛰는 삶을 살고 있지 않다면, 진지하게 생각해 보자. 가슴 뛰게 하는 일이 무엇인지 생각해 보자. 그 일이 여러분의 삶에 활력소를 불어넣어 주는 것은 물론이고, 그 일 덕분에 하루하루가 소중하게 느껴질 것이다.

8. 기버로 살아가자

페이스북을 보다가 가슴 벅찬 글을 발견했다. 김승호 회장님이 올린 글이었다. 한국에 들어와 계실 때 식당 갔던 이야기를 공유해 주셨다. 식당에서 군인 장병 몇 명이 식사하고 있는 테이블이 회장님 눈에 보였다고 한다. 식사를 마치고 나올 때 그 테이블 식사비까지 같이 계산했다고 하셨다. 직접적인 관계는 없지만, 나라를 지키느라 애쓰는 그들에게 국민으로서 고마운 마음을 전하고 싶었다고 했다. 그러면서 이 글을 읽은 사장학 제자들도 혹시 같은 상황에 놓이면 실천하면 좋겠다는 메시지까지 담으셨다. 선행을 베푼 의미도, 좋은 문화를 만들어 가는 모습도 감동이었다.

자려고 누웠다가 보게 된 글이었는데, 잠이 확 깼다. 상상만으로도 가슴이 벅찼다. 회장님 말대로 이 글을 읽은 제자들이 한 번씩만 이 선행을 실천한다면 어떤 일이 벌어질까! 생각지도 못한 따뜻한 마음을 받은 군인들은 나라를 지키는 그들의 일에 얼마나 자부심을 느낄까! 생각만 해도 좋은 에너지가 선순환되는 느낌이었다. 회장님의 선한 영향력에 전율이 일어났다. 실천해야겠다는 다짐은 물론이고 주변에 이 메시지를 알리는 일이 그렇게 신날 수 없었다.

"야, 너 이거 뭔 말인지 알겠냐?"

"존나 어려워, 뭔 말인지 이해가 안 가."

휴게실에서 두 여고생의 대화를 듣게 되었다. 거친 말투가 아닌 귀여운 말투여서 웃음이 나왔다. 평소 수학에 관심도 없고 수업도 거의 안 듣다가 시험 때문에 어쩔 수 없이 교과서를 펼쳤으니 모르는 게 당연했다. 답답한 마음이 여고생들 말투에 묻어났다. 계속 들리는 대화 속에 안타까운 마음이 더해졌다.

도와주겠다는 나의 제안에 놀라 했다. 진짜요? 수학을 알려 준다고요? 반신반의하는 눈빛으로 샤프펜슬을 넘겨줬다. 두 점 사이 거리를 구하는 문제였다. 공식에 대입하면 되는데, 공식을 모른다고 했다. 피타고라스 정리를 이용해서 공식을 설명해 주려고 했는데, 피타고라스 정리도 모른다고 했다. 좀 전에 존나 어렵다고, 하나도 못 알아먹겠다는 투정이 이해가 갔다. 어렵지 않은 내용이라 피타고라스 정리를 알려 주고 공식을 유도해 주었다. 그것을 적용한 문제 풀이까지 해 주었다. 이해가 갔다는,

완전히 알겠다는 그들의 반응을 듣고 있자니 웃음이 절로 나왔다. 문제를 풀었다는 사실에 흥분하는 학생들 목소리를 뒤로하고 휴게실을 나왔다. 뒤에서 들리는 상기된 목소리가 기분 좋게 들렸다.

사무실 근처에 근사한 산책로가 있다. 인도 옆에 있는 언덕에 조성된 흙길이다. 하루는 점심을 먹고 아이와 산책을 하고 있었다. 인도에서 우리가 걷고 있는 흙길로 두 사람이 올라오고 있었다. 아들처럼 보이는 남자분이 앞에서 작은 수레를 끌고 할머니는 뒤에서 밀고 있었다. 진척 없이 오르막길에 두 사람이 계속 낑낑대고 있었다. 지나가면서 보니 바퀴 하나가 튀어나온 나무에 걸려 있었다. 그걸 전혀 모르고 두 사람은 계속 엉뚱한 힘을 쓰고 있었다. 번쩍 들면 되겠는데, 남자가 왜 저렇게 힘을 못 쓸까 의아했다. 종일 그러고 있을 것 같았다. 보다 못해 말을 건넸다. '바퀴가 걸려서 그래요. 제가 도와드릴게요.' 하고 수레를 힘껏 끌어당겼다. 가까이서 보니 앞에 있던 분은 나이 많은 할아버지이셨다. 모자에 가려서 몰랐다. 어쩐지. 도와드리러 오기 잘했다. 두 분은 고맙다는 인사를 여러 번 하시며 평지를 걸어가셨다. 도움의 손길을 건네지 않았으면 오랫동안 고생했을 텐데, 속이 다 후련했다. 전혀 모르는 분들이지만 도움을 드렸다는 생각에 산책하는 발걸음이 더 유쾌했다.

그랬다. 나는 그런 순간들이 뿌듯하다. 상대방이 나 때문에 웃고, 행복해하고, 용기를 얻고, 성장해 가는 모습을 보는 게 행복하다. 그들에게 도움을 주고 있지만, 그들을 도와주는 행위에 내가 보람을 느끼고 가슴 벅차다. 함께하는 경제 인문학 독서 토론 사람들, 루틴을 함께 실천하고 있는 사람들, 수강생과 독자로 만나 인연이 더 깊어진 사람들에게 내가 늘 고맙다고 말하는 이유이기도 하다.

다리 골절로 깁스를 했지만, 바디 프로필로 이야기를 마무리했다. 그랬더니 주변에 필라테스 시작한 사람, 헬스를 시작한 사람 심지어 보디 프로필을 준비한 사람까지 생겼다. 책을 읽고 실천 상황으로 100일 동안 블로그 포스팅을 도전했다. SNS에 글 쓰는 것을 싫어하던 사람이 인스타에 글을 올리기 시작했다. 전형적인 야행성이라 10년 넘게 미라클 모닝을 도전했다. 같이 하자고 나타난 사람들 덕분에 함께 아침 기상과 모닝 루틴을 3년째 이어 가고 있다.

2022년도에 경제적 자유인 되기 프로그램을 진행했다. 그때 인연이 된 20대 친구의 목표가 제2의 김은정 되기였다. 이 문구를 확언으로 만들고 블로그에 공언한 덕분에 내가 더 열심히 잘 살아야겠다는 책임감이 더해졌다.

세상에 필요한 존재가 되고 싶다. 나로 인해서 좋은 에너지가 주변으로 뻗어 가길 바란다. 그 마음으로 주어진 삶에 건강하게 최선을 다한다. 그러면서 기버의 삶이 행복 지수를 올려 준다는 것을 깨달았다. 주변에 무엇을 나눌 수 있는지, 세상에 어떤 도움을 줄 수 있는지 생각해 보면 좋겠다. 타인을 도움으로써 내가 얻는 행복감을 독자 여러분도 느꼈으면 하는 바람이다.

'아이고, 나 하나 챙기면서 살기 벅찬데.' 혹은 '내가 무슨 재주가 있다고 도움을 주겠어!' 이런 생각은 전혀 하지 않길 바란다. 누구나 그런 존재가 될 수 있다고 나는 100% 확신한다. 내가 일상에서 베푸는 친절도 타인에게 선행을 베푸는 일이고 에너지를 바꾸는 일이다. 아파트 주변에 떨어진 쓰레기를 줍는 것 또한 좋은 환경을 만드는 데 일조하는 일이다. 시작은 나 혼자 쓰레기 하나 줍는 작은 일일지 몰라도 동참하는 사람이 생기면서 좋은 문화를 만들 수 있다. 작은 것이라도 타인을 돕겠다는 마음으로, 세상에 도움이 되겠다는 마음으로 살아간다면 누구나 기버의 삶을 살 수 있다.

9. 멈춤을 즐기자

자발적으로 멈출 것인가 아니면 강제적으로 멈춤을 당하고 싶은가! 대부분 전자를 원하면서 후자의 삶을 살아가고 있는 사람들이 많다. 정신없이 앞으로 달려가기만 하기 때문이다. 인생을 경주마처럼 살아간다. 학창 시절 12년 동안은 대학을 향해 달려간다. 대학 때는 취업을 목표로 뛴다. 어렵게 취직하고 나면 또 각자의 목표를 향해 열심히 달린다. 승진을 위해, 높은 연봉을 위해, 내 집 마련을 위해, 더 많은 부를 위해 계속 달린다.

급브레이크를 밟고 갑자기 멈추는 요인이 여러 가지가 있지만, 가장 많은 이유가 건강이다. 건강에 빨간불이 들어오면 강제적으로 멈춤을 당한다. 이렇게 멈춤을 당하면 육체적으로, 정신적으로 힘든 시간을 보내게 된다. 이런 시간을 마주하지 않기 위해서라도 앞만 보고 달리지 않았으면 좋겠다. 피곤한 상태로 출근하고, 늦은 밤 녹초가 돼서 퇴근하는 일상을 아무 생각 없이 반복하고 있는 건 아닌지 돌아보자.

마흔 살에 은퇴를 선물하고 싶었다. 은퇴당하는 삶이 아닌 자발적으로 은퇴를 선택하는 삶을 원했다. 이런 생각을 한 것은 독서와 여러 강연을 통해 깨달은 결과였다. 고난의 시간을 길게 겪었고 사회생활 하면서 쓰리잡을 소화하느라 고생한 나에게 그렇게 해 주고 싶었다. 지금 더할 나위 없이 만족하고 충만하게 사는 데 마흔 살의 은퇴가 한몫했다고 생각한다. 그때로 다시 돌아간다고 해도 1초의 망설임 없이 같은 선택을 할 것 같다.

멈추었기 때문에 더 많은 것을 경험할 수 있게 되었다. 비우고자 했기 때문에 돈으로 살 수 없는 더 많은 경험을 담을 수 있었다. 멈추고 자유를 선택한 덕분에 자유가 주는 행복감과 가치를 느낄 수 있었다. 그 후 매사 선택의 갈림길에 있을 때는 항상 자유라는 가치를 우선순위에 두었다.

하루 24시간 중 제일 소중한 시간이 생겼다. 아침에 눈 뜨자마자 옷을 갈아입고 집 앞에 있는 숲으로 간다. 현관문을 열고 5분만 걸어가면 평지로 이어지는 숲길을 만난다. 그 순간 마음이 편안해진다. 나를 반기는 듯한 청명한 새소리가 유일한 소음이다. 코를 통해 전해지는 신선한 공기에 폐까지 정화되는 느낌이다. 코로나 3년을 겪어 봤기에 이 공기가 얼마나 귀한지 안다. 호흡할 때마다 감사라는 단어가 절로 나온다. 푸르름을 눈에 담으면 걷는 동안 머릿속이 가벼워진다. 생각을 정리하기 위해, 비워 내기 위해 길을 걷는다. 복잡했던 마음도 조금은 단순해진다. 가끔 전쟁 같은 마음에 평화가 찾아오기도 한다. 숲길을 걷는 동안은 휴전 상태가 된 듯하다. 숲의 보너스는 또 있었다. 마무리하고 돌아오는 길, 나뭇잎 사이로 빛나는 햇살이 온몸의 에너지를 깨우는 듯하다. 뜨는 해를 보면서 오늘을 살아갈 힘을 충전하기도 한다.

봄부터 새벽에 숲길을 찾았다. 처음에는 그냥 자연이 좋아서 걸었다. 걸으면서 생각 정리도 되고, 마음공부에도 도움이 되었다. 숲길을 걷는 시간이 누적될수록 그 매력에 제대로 빠져들었다. 매일 갔다. 비가 와도 가고 태풍이 불어도 갔다. 날씨가 맑든 흐리든 상관없이 갔다. 무조건 간다는 것에 초점을 맞추니 날씨는 아무런 문제가 되지 않았다. 비가 오면 우산 쓰고 가면 되고, 태풍이 불면 신발과 옷이 젖을 각오로 가면 되었다. 무조건 지속을 하니 어떤 장애물이 나타나도 괜찮았다. 고민하지 않아도 되니깐 실천하기가 훨씬 수월했다. 그걸 깨달았기 때문에 예외를 전혀 두지 않고 실천했다. 매일 해내는 그 힘이 새벽 숲길 사색 시간을 루틴으로 만들어 주었다. 그 숲길을 걷는 한 시간이 일과 중 꽤 의미 있는 시간이 되었다. 길 위의 사색이라고 이름도 지었다. 그때의 생각 정리를 매일 글로 쓰며 기록을 쌓아 갔다.

숲길 사색 시간이 나에게는 명상 시간이기도 하다. 그 시간 덕분에 마음이 많이 차분해졌고 편해졌다. 하루를 살아가면서 다양한 변수에 직면한다. 거기서 다시 마음이 시끄러워질 수 있지만, 예전보다 강도가 약해졌다. 다음 날 아침 사색 시간을 통해 한 번 더 정화된다. 매일 이렇게 나는 마음 근육을 조금씩 단련하고 있다. 삶의 질이 높아지고 있다.

평화로운 마음은 행복한 인생의 절대적인 요소다. 마음이 불편하고 지옥 같은데 어떻게 행복이라는 단어가 가까이 올 수 있겠는가! 그래서 마음 근육을 단련하고 마음공부를 할 수 있는 시간을 꼭 만들라고 말하고 싶다. 아무리 바빠도 이 시간만큼은 꼭 챙겼으면 좋겠다.

작은 실천으로 하루 30분 혼자만의 생각 시간을 만들어 보자. 호흡 명상을 하든, 걷기 명상을 하든 내 생각에 집중하는 시간을 가졌으면 좋겠다. 다른 어떤 것보다 우선순위에 두고 실천하길 바란다. 그만큼 마음 건강에 꼭 필요한 시간이기 때문이다. 명상이 어렵다면 글쓰기도 좋다. 하얀 백지에 생각을 모두 쏟아 내는 시간을 갖는 것도 괜찮은 방법이다.

우리는 정신없이 바쁘게 돌아가는 현대를 살아가고 있다. 의도적으로 멈추려고 노력하지 않으면 정신없이 돌아가는 세상에 소모품으로 살아갈 수밖에 없다. 그러니 의식적으로 멈춰 보자. 매일 30분이라도 자기만의 시간을 만들고 생각을 정리하고 다져 가는 연습을 해 보자. 누적된 시간이 여러분에게 평화로운 마음을 선물할 것이다. 더불어 행복한 삶을 누리게 할 것이다.

마치는 글

지독하게 불행한 인생을 살아온 내 입에서 감히 '행복하지 않은 자, 유죄.'라는 말이 나왔다.

'누구나 현재, 지금 행복해야 한다'고, '행복하기 위해 어떻게 해야 할지 모르겠다면 내가 도와주겠다'고!

이 말을 하고 싶었던 것 같다. 그 시작이 이번 책이다.

본문에서 말했듯이 행복보다 불행이 익숙했다. 아니, 행복이라는 게 뭔지 모르고 자랐고 커서도 모르고 살아갔다. 그런데 지금은 행복하다고 말하고 행복하지 않다고 말하는 사람들의 손을 잡아 주고 있다. 그들의 행복을 돕고 있다. 머리부터 발끝까지 부정이었던 사람이 긍정을 말하고 긍정 에너지를 주변에 나누고 있다. 이 시간이 쌓이니 무한 긍정, 절대 긍정으로 의식이 바뀌었다. 여러분도 현재의 에너지를 행복으로 바꾸고 싶다면 다음 세 가지만 실천하면 좋겠다.

우선, 누구나 행복을 선택할 수 있다는 사실을 기억하자. 당장 이 책을 읽는 지금부터라도 행복을 결심하면 좋겠다. 결심을 한다는 것은 본인의 현재 상황을 그대로 인정하는 것이다. 과거로 핑계 대지 말자. 현실 탓도 하지 말자. 상황 탓도 할 필요가 없다.

과거는 내가 어떻게 바꿀 수 없는 지나간 일이다. 그대로 인정하면 된다. 대신 현실에서 내가 할 수 있는 것을 선택하고 과거를 삶의 일부로 받아들이면 좋겠다. 행복을 못 느끼게 하는 현실도 마찬가지다. 현실 탓을 하겠다는 것은 불행을 선택하는 것과 같다. 탓하지 말자. 탓할 시간에 그것을 벗어날 돌파구를 찾자. 상황 탓을 한다는 것도 마찬가지다. 책임을 진다는 자세로 주도권을 가져오자. 문제 해결을 위해 내가 할 수 있는 일이 무엇인지만 생각하고 그것에 최선을 다하자. 이런 태도가 행복을 선택하겠다는 자세다.

그런 다음 본인 삶에 행복 하면 떠오르는 것을 모두 적어 보자. 그냥 머릿속으로 떠올리는 것과 적어 보는 것은 확연한 차이가 있으니 반드시 기록해 보길 추천한다. 행복하게 해 주는 것을 모두 적었다면 그것을 얻기 위해, 누리기 위해 어떻게 하면 되는지 생각해 보자. 시간이 오래 걸리더라도 곰곰이 생각해 보고 구체적인 방법을 찾아보자. 변화를 위한 시작이 중요한 만큼 이 과정을 자세하고 진정성 있게 진행하길 바란다.

두 번째는 여러분이 평생 기억했으면 하는 메시지다. '행복은 강도가 아니라 빈도'라는 사실이다. 꼭 잊지 말자. 그래야 여러분이 현재 더 깊이 그리고 더 많이 행복할 수 있다. 미래 행복을 위해 현재를 희생시킬 필요가 없다. 과거 때문에 현재의 행복을 놓칠 필요도 없다. 눈떠서 잠들 때까지 현재 행복한 일이 가득하기 때문이다.

일상을 벗어나 보는 짧고 긴 여행들, 만나는 자체로 에너지가 충전되는 인연들, 미각과 시각을 춤추게 하는 맛있는 음식들, 삶을 건강하게 해주는 부자 습관들, 건강을 챙기는 시간 덕분에 누리는 감사한 시간, 공간에 머무르는 것만으로도 행복하게 하는 아지트, 알아 가면서 채워지는 가슴 벅찬 감정, 나누면서 채워지는 충만한 기분, 오감을 깨우는 자연의 귀한 선물들, 자존감을 올려 주는 일상 속 작은 도전들, 호기심으로 얻는 지혜들, 작게 크게 감동을 주는 순간들, 타인을 돕는 기쁨 등 앞에서 소개한 행복의 빈도를 채우는 것들이다. 더 많은 소소한 행복들이 우리의 발견을 기다리고 있을지도 모른다. 부지런히 찾아보고 누리자. 행복 지수가 자동으로 올라갈 것이다.

마지막으로 행복을 다음으로 미루지 말고 지금 누렸으면 좋겠다. 모두가 알고 있듯이 우리의 삶은 유한하다. 그런데도 행복을 기약 없는 미래로 미룬다는 것은 어리석은 일이다. 현재에 집중하고 지금을 살라는 의미인 '카르페디엠'을 꼭 기억하길 바란다. 현재 행복하기 위해 독자가 실천했으면 하는 방법들이 5장에 있으니 필요할 때마다 언제든 활용하면 좋겠다.

독자들의 변화가 기대된다. 환경에 어떤 변화가 생길지, 관점이 어떻게 달라졌을지, 행복은 어떻게 기록하고 있을지, 무엇을 비우게 될지 궁금하다. 오늘에 중심을 두고 나로 살아가기 위해 어떤 실천을 하나씩 해나갈지 궁금하다. 어떤 일로 가슴 뛰는 삶지, 어떤 나눔을 하며 행복해할지 상상만으로도 미소가 지어진다.

항상 책을 쓸 때는 독자를 제일 먼저 떠올린다. 어떤 독자에게 어떤 도움을 줄 것인지에만 초점을 맞춘다. 단 한 명의 독자라도 내 책을 통해 도움을 받을 수 있다면, 변화를 맞이할 수 있다면, 성장할 수 있다면 더할 나위 없겠다는 마음으로 쉽지 않은 집필의 시간을 기쁜 마음으로 반복한다.

맨땅에 헤딩하는 흙수저를 위해 부자는 내가 정한다를, 고난과 역경으로 인해 고통받는 독자를 위해 『머니라밸』을 썼다. 독서에 핸디캡을 가진 사람을 위해 『거북이 독서 혁명』을 출간했다. 행복한 동행을 꿈꾸는 부모와 아이들을 위해 『공부 그릇과 회복탄력성』을 세상에 내놓았다.

이 책도 또한 마찬가지다. 현재 행복과 거리가 멀다고 생각하는 사람들, 행복을 못 느끼는 사람들을 위해 썼다. 이 책을 통해 행복의 의미에 대해 진지하게 생각해 보는 계기가 되면 좋겠다. 한 걸음 더 나아가 행복을 누리는 다양한 실천도 해 보길 바란다. 그 결실로 행복 에너지가 더 넓게 퍼지길 기대해 본다.